Fyodor R

Ceux
de Podlipnaïa

Roman

DANGER

LE PHOTOCOPILLAGE TUE LE LIVRE

Le code de la propriété intellectuelle du 1er juillet 1992 interdit en effet expressément la photocopie à usage collectif sans autorisation des ayants droit. Or, cette pratique s'est généralisée dans les établissements d'enseignement supérieur, provoquant une baisse brutale des achats de livres et de revues, au point que la possibilité même pour les auteurs de créer des œuvres nouvelles et de les faire éditer correctement est aujourd'hui menacée. En application de la loi du 11 mars 1957, il est interdit de reproduire intégralement ou partiellement le présent ouvrage, sur quelque support que ce soit, sans autorisation de l'Éditeur ou du Centre Français d'Exploitation du Droit de Copie , 20, rue Grands Augustins, 75006 Paris.

ISBN : 978-3-96787-232-3

10 9 8 7 6 5 4 3 2 1

Fyodor Rechetnikov

Ceux de Podlipnaïa

Roman

Table de Matières

NOTICE SUR TÉODOR RÉCHETNIKOV   7

LIVRE PREMIER. PILA ET SYSSOÏKO   14

LIVRE DEUXIÈME. LES BOURLAKI   73

NOTICE SUR TÉODOR RÉCHETNIKOV

Bien des années avant que M. Émile Zola eût fait paraître le premier volume de ses « Rougon-Macquart », l'école dite naturaliste existait déjà en Russie. Elle était composée d'une pléiade de jeunes écrivains qui, tous, défendaient, avec autant d'ardeur que de talent, les doctrines littéraires que l'auteur de Germinal devait populariser en France, sans même savoir qu'il avait eu des devanciers.

Le plus célèbre de ces écrivains est bien certainement Téodor Réchetnikov, et c'est lui qui a le plus de points de ressemblance avec le chef incontesté de l'École française.

Quels furent ses commencements, le lecteur va l'apprendre.

Le célèbre poète Niékrassov, directeur de la revue russe, le Contemporain, fut fort étonné en recevant un jour un manuscrit, sans nom d'auteur, dont la lecture excita son enthousiasme. Il résolut de le publier aussitôt, mais il aurait voulu aussi connaître le nouvel écrivain « qui venait de naître à la Russie ». Le jeune homme mal vêtu, qui avait déposé le manuscrit, n'avait pas laissé son adresse, croyant dans sa timidité que son rouleau serait jeté au feu. Pour retrouver sa trace, on eut recours à l'annonce suivante qui fut publiée à la quatrième page de tous les journaux de Pétersbourg :

« Le jeune homme qui a déposé un manuscrit à la rédaction du Contemporain, le... 1863, est instamment prié de se présenter au directeur. »

Grâce à un heureux hasard, les yeux du jeune homme tombèrent précisément sur les lignes qui lui étaient destinées. Il se rendit aussitôt, mais en tremblant, au bureau de Niékrassov, qui l'accueillit à bras ouverts.

Le jeune écrivain, que le grand poète venait de découvrir, n'était autre que Téodor Réchetnikov, dont, quelques mois après, toute la Russie connaissait le nom et dont le roman Ceux de Podlipnaïa était dans toutes les mains.

La littérature russe se serait sans aucun doute enrichie de plusieurs œuvres remarquables, si le jeune écrivain n'était pas mort à la fleur de l'âge, au moment où son talent se transformait et où il promettait de devenir une des gloires de son pays.

Homme du peuple, et sortant de cette classe d'employés infimes qui vivote tant bien que mal — plutôt mal que bien — d'un appointement dérisoire, Réchetnikov était mieux qualifié que personne pour parler de ce peuple qu'il aimait tant et dont il connaissait si bien les souffrances. Il était encore préparé à cette tâche par l'enfance malheureuse qu'il avait eue.

Comme la vie des écrivains jette toujours de la lumière sur leurs ouvrages, esquissons la sienne à grands traits.

Né le 17 septembre 1841 à Ekaterinenbourg, (gouvernement de Perm), dans cette partie de la Russie d'Europe qui touche à l'Asie, Téodor Mikaïlovitch était le fils d'un diacre, chassé du service pour ivrognerie et inconduite. Il ne connut jamais sa mère, que son père avait fait mourir de chagrin, et ne vit celui-ci pour la première fois qu'à l'âge de dix ans.

L'orphelin — on peut lui donner ce nom — fut recueilli par son oncle, honnête conducteur postal qui avait bien de la peine, pourtant, à nouer les deux bouts, mais qui était sans enfants.

Dès sa plus tendre enfance, Réchetnikov fut rossé ; les goûts indépendants qu'il manifestait faisaient le désespoir de son oncle, qui aurait voulu au contraire développer en lui le sentiment de la hiérarchie et la patience, deux qualités qu'il possédait lui-même à un très haut degré, mais qu'il ne sut inculquer à son neveu qu'en le battant comme plâtre. N'était-il pas destiné à devenir employé et ne fallait-il pas qu'il s'habituât à plier sans raisonner ? Le brave homme aimait certainement son neveu, mais il estimait de son devoir de comprimer les instincts qui devaient plus tard être un obstacle à la carrière du jeune garçon. On le rouait donc de coups du matin au soir. Il n'est nullement étonnant, par conséquent, que l'enfant qui, tout d'abord, avait été vif et éveillé, devint sournois et vindicatif en la société grossière des postillons, des conducteurs et des facteurs au milieu desquels il fut élevé et qui ne se gênaient nullement pour lui allonger un coup de pied en passant.

De caresses, il n'en était naturellement pas question, Réchetnikov se replia alors sur lui-même et passa ses journées à ruminer des niches, telles que seul un enfant injustement battu peut en inventer, jusqu'à ce que son oncle, las des plaintes continuelles dont on l'assaillait, se décida à s'en débarrasser en le mettant à la Bourse, au séminaire d'alors, où Réchetnikov avait le droit d'entrer en sa qualité de fils de diacre.

Pour savoir quel enfer était la Bourse, il faut lire l'ouvrage de Pomialovsky[1] : alors, on peut se faire une idée de la corruption et de la dépravation monstrueuse qui régnaient dans ces internats. Le système pédagogique, alors en vigueur, était assez démoralisant pour que le plus honnête enfant du monde y devînt en peu de temps un mauvais sujet. Il y avait donc bien des chances pour que Réchetnikov ne s'y améliorât pas, et qu'au contraire il s'y gâtât tout à fait. Il n'en fut pourtant rien. Au lieu de s'y acclimater comme la plupart de ses camarades, la vie lui parut tellement intenable qu'il se prit à soupirer après le bienheureux temps où son oncle le rouait de coups et le fessait sans pitié.

Que devaient donc être les punitions de la Bourse ?

Il essaya de s'évader, mais il fut repris ; quand on le ramena au séminaire, on lui administra une correction si forte qu'il resta pendant deux mois à l'hôpital.

Une seconde tentative d'évasion fut pourtant couronnée de succès. Il ne retourna pas chez son oncle, car il savait que, loin de le plaindre, celui-ci n'aurait rien de plus pressé que de le ramener à la Bourse. Il s'enfuit donc dans un grand bourg, où il resta pendant plusieurs mois, vivant d'aumônes, se frottant à la foule bariolée des bourlaki et des ouvriers de fabrique qui l'entourait et dont la compagnie lui plaisait fort. L'influence de ce séjour sur Réchetnikov est considérable. Il fut le témoin de toutes les misères, de toutes les souffrances du petit peuple, en même temps qu'il pouvait se rendre compte de l'énergie désespérée avec laquelle ces pauvres gens se battaient et luttaient contre l'infortune. Pendant ces quelques mois, combien de drames poignants, combien de scènes diverses ne vit-il pas se dérouler devant ses yeux. Il se mêla à tout ce rude peuple de travailleurs, dont il devait plus tard peindre la lamentable existence. Ce temps de vagabondage ne fut pas perdu pour lui, car à son insu, son cerveau emmagasinait les impressions multiples, presque toujours désolées qu'il devait faire revivre plus tard avec tant d'intensité objective dans ses ouvrages. Bien longtemps avant qu'il eût l'idée d'écrire, il rassemblait ainsi les matériaux nécessaires, « les documents humains. »

Le jeune garçon se plaisait si fort au milieu de ce peuple qu'on

---
1 La Bourse, mœurs de séminaire.

peut se demander ce qu'il serait devenu, si une bonne femme qui le reconnut, ne l'avait pas ramené chez son oncle où, au lieu d'être reçu à bras ouverts, il reçut une maîtresse fouettée.

Les verges étaient alors la base de toute éducation.

On ne le renvoya pourtant pas à la Bourse. Son oncle, qui jugeait qu'un aussi mauvais garnement devait être surveillé de près, le garda auprès de lui et lui fit suivre les cours de l'école élémentaire de Perm, qu'il habitait alors.

Le jeune Réchetnikov, âgé de 15 ans, n'y travailla pas davantage qu'au séminaire. Il faut avouer d'ailleurs que les établissements d'instruction de ce temps-là laissaient joliment à désirer.

C'est à cette époque qu'une vilaine histoire — causée par la disparition de lettres importantes et de journaux des casiers du bureau de poste, disparition dont il était seul coupable, — lui valut d'être pendant deux ans sous la haute surveillance de la police, mais ç'avait été plutôt une gaminerie de sa part qu'une mauvaise action.

Son oncle avait été nommé sous-buraliste à Ekaterinenbourg, plusieurs mois avant qu'il quittât l'école de Perm. Aussi dût-il gagner sa vie en exerçant le métier de veilleur de nuit à raison de 80 centimes par jour. Au prix de quelles privations acquit-il une instruction bien inférieure à celle de tout petit Français !

Une fois qu'il eût son diplôme en poche, il rejoignit son oncle à Ekaterinenbourg. Il lui avait trouvé une place de copiste surnuméraire au tribunal du district de cette ville. Les appointements qu'il recevait étaient vraiment dérisoires : de vingt-huit à quarante francs par mois, et il fallait vivre avec cette somme. Son oncle, après trente ans de service, était presqu'aussi mal rétribué : soixante-quinze francs par mois et le logement. La dure école à laquelle fut soumis Réchetnikov fit de lui un homme, mais au détriment de sa santé, car il souffrit souvent de la faim.

Une réaction s'était faite en lui, profonde et décisive : le mauvais drôle, qui avait tant joué de vilains tours à ses persécuteurs, changea radicalement, et cela d'une manière inattendue, au grand étonnement de tout le monde. Personne ne reconnaissait plus le fainéant d'autrefois, car il s'était mis à travailler avec une ardeur sans pareille pour combler les lacunes de son éducation incomplète et manquée. Lui qui n'avait jamais touché un livre d'étude, les dévorait maintenant avec avidité. Réchetnikov avait fait moralement peau neuve : il ne resta plus l'ombre de l'amertume et de la haine qu'avait autrefois excitées en lui son entourage.

Toute la sympathie dont il était capable, il la donna au peuple, de la profonde infortune de qui il était journalièrement témoin.

C'est à 1859 et 1860 que remontent ses premières élucubrations. Il ne pensait pas alors à se faire imprimer, et il déversait simplement sur le papier le trop plein de son cœur, racontant brièvement les accidents divers qui rompaient la monotonie de sa vie, notant par ci par là un fait qui l'avait frappé. Mais bientôt, tourmenté du désir de s'instruire, la ville d'Ekaterinenbourg lui parut trop petite ; il retourna à Perm, que, dans son ignorance, il estimait une grande ville et s'engagea, toujours comme copiste-surnuméraire, à la Recette Générale du Gouvernement. Il y resta deux ans ; il est probable qu'il aurait longtemps encore végété dans cet emploi infime, si un inspecteur en tournée n'avait pas remarqué... sa belle écriture et ne lui avait pas promis de le faire venir à Pétersbourg.

C'était là l'accomplissement de tous les vœux de Réchetnikov, qui ne rêvait que de la grande ville où l'instruction était répandue à profusion et où il se flattait de devenir un homme utile.

Il arriva dans la capitale en 1862, plein d'espérances et d'illusions, qui hélas ! ne devaient jamais être réalisées.

Jusqu'au jour où la publication de Ceux de Podlipnaïa le fit célèbre, il vécut misérablement dans des coins perdus de quartiers ignorés, louant une chambre ou plutôt un taudis qui lui coûtait 4 fr. par mois, souffrant souvent de la faim, mais sans jamais se plaindre, car il connaissait des douleurs plus grandes que la sienne, un dénûment plus profond : celui des pauvres paysans dont il écrivit la lamentable épopée. Même après s'être fait un nom dans la littérature, il n'échappa pas à la misère.

Le travail acharné, auquel il s'adonna, ne fit que presser une catastrophe que l'on pouvait prévoir depuis sa jeunesse, car à la Bourse encore, il avait contracté les germes de la maladie qui devait l'emmener au tombeau. Pendant huit ans, il lutta vaillamment contre sa vieille ennemie, toujours sur la brèche, jusqu'à ce qu'enfin vaincu, il tombât pour ne plus se relever. Il mourut le 9 mars 1871 d'une phtisie galopante.

Il n'avait que vingt-neuf ans.

La misère, dont Réchetnikov avait tant souffert pendant sa vie, devait nécessairement être le sujet de ses études. C'est là, en effet, la question qu'il scrute dans ses ouvrages, c'est à sa solution qu'il se livre tout entier, avec toute l'ardeur généreuse d'un jeune homme.

La misère ! il pouvait en parler sciemment : n'avait-il pas grandi au milieu d'elle, n'en avait-il pas été entouré partout, à Perm, à la Bourse, à son tribunal, partout enfin ? N'en avait-il pas vu les côtés les plus hideux et les plus repoussants ?

Ah ! s'il a consacré sa vie à disséquer la misère, ce n'est pas chez lui dilettantisme littéraire, comme chez Tourgueniev et Grigorovitch, qui avaient pour le peuple une compassion de grands seigneurs mais qui n'avaient jamais enduré le martyre qu'ils décrivaient dans leurs ouvrages.

Ce qui rend précisément Réchetnikov éloquent, c'est qu'en plaidant la cause des humbles, des malheureux et des opprimés de ce monde, en faisant un tableau effroyablement vrai de tous les malheurs, de tous les déboires, de toutes les angoisses poignantes auxquelles sont en proie le paysan, l'ouvrier prolétaire, il défend sa propre cause.

Il est le premier écrivain russe qui soit sorti du peuple et qui ait gardées vivantes les épouvantables visions de l'enfer d'où il s'est échappé. Aussi tous ses ouvrages acquièrent-ils une portée immense.

On ne saurait lui reprocher de peindre ce qu'il a vu sous des couleurs trop sombres, car ce qu'il dit a un tel accent de vérité qu'on ne saurait le suspecter d'exagération. Il décrit la réalité telle qu'elle est, sans l'idéaliser et sans l'enlaidir davantage. Jamais il n'a cédé à la tentation de forcer la note pour obtenir un effet sûr. C'est là ce qui fait son mérite comme écrivain. Qu'on lise ses romans, nulle part il n'a eu recours aux procédés usités par les romanciers aux abois. Il est dénué de cet art savant, mais dangereux qui consiste à sacrifier la vérité à la fantaisie et à la phrase.

Son style est sobre, énergique, sa phrase originale, tantôt hachée, tantôt encombrée et obscure, mais ces défauts proviennent de ce qu'il n'a jamais été chargé du bagage classique dont tous nous sommes embarrassés. Il a l'audace de ne relever que de lui-même et du milieu qui l'a fait ce qu'il est. Ce qu'il écrit est bien à lui : conceptions, idées, tout.

On est d'abord frappé, quand on lit un de ses ouvrages, de la saveur singulière, un peu amère qui s'en dégage. Nous autres, occidentaux, nous avons le palais trop délicat, trop blasé pour cette âpre nourriture, il nous faut du temps pour nous y mettre, et surtout beaucoup de condiments, de bonne volonté, veux-je dire, mais une fois qu'on y a goûté, on y revient et on a raison, car si nous n'y trouvons pas ce que nous avons cherché, nous découvrons un tas de sensations inconnues, inattendues.

Par exemple, ce n'est pas dans les ouvrages de Réchetnikov qu'il faut s'attendre à rencontrer des situations empoignantes. Il dédaigne au contraire l'intrigue, l'affabulation. Ses romans sont bien plutôt des récits que des ouvrages d'imagination. Au lieu de chercher à intéresser son lecteur par des effets rapides et sûrs, mais peu profonds, il décrit patiemment, lentement, la vie de ses héros, les suivant pas à pas, sans négliger aucun détail, si fastidieux qu'il soit, mais sans jamais rien inventer. Si étrange et si singulière que soit cette manière de procéder, elle a son avantage, et l'impression que laissent ses études ethnographiques, comme il les appelait modestement lui-même, n'en est pas moins puissante et durable.

Il ne s'arrête pas à commenter le caractère de ses héros, ni ne s'attache à leurs côtés psychologiques ; il énumère simplement des faits, mais qui parlent plus éloquemment que toutes les dissertations du monde. Il n'y a qu'à lire Ceux de Podlipnaïa pour s'en assurer.

Il est probable qu'avec l'âge, le talent de Réchetnikov aurait subi une heureuse transformation, et que tout en restant vrai et exact, il serait devenu plus artiste. À vingt-neuf ans, un homme n'a pas encore donné toute la mesure de ses forces. Le roman qu'il avait commencé quelques mois avant sa fin et dont nous possédons quelques fragments, montre quelle profonde évolution s'était opérée en lui pendant les dernières années. Les brillantes promesses qu'il avait données, il allait les tenir et la chrysalide serait sans doute devenue papillon, si la mort impitoyable ne l'avait pas arrêtée dans son développement et n'avait privé la littérature russe d'une de ces gloires que les peuples s'envient.

Charles Neyroud *(1888)*

LIVRE PREMIER. PILA ET SYSSOÏKO

I

Le hameau de Podlipnaïa n'est pas beau.

Ses cinq ou six cabanes construites sur le bord d'une mauvaise route et dispersées sur un terrain inégal n'ont rien d'attirant. Les unes se trouvent plus élevées que les autres, qui semblent vouloir fuir dans la forêt. Sans toit, avec un plafond plat de paille, et de mauvaises petites fenêtres fermées avec des lames de tôle, elles ont un air pitoyable : les claies même qui les entourent ne sont guère compliquées : quelques pieux de bouleau fichés en terre, autour desquels on entrelace des branchages verts, et voilà tout !

L'incurie profonde des Podlipovtsiens pour leurs maisons serait compréhensible, si le bois manquait, mais le hameau est entouré d'une haute futaie de plus et de bouleaux magnifiques.

Malgré tout, les habitants de Podlipnaïa trouvent leurs chenils fort habitables et n'ont pas l'ambition d'avoir des maisons saines et bien éclairées.

La misère est si grande dans ce coin de ce pays qu'on n'aperçoit ni granges, ni meules de foin, ni jardins potagers, rien, sinon quelques carrés de choux, de carottes et de pommes de terre.

Été comme hiver, le paysage est nu et désolé.

De l'autre côté de la route s'étend une vaste jachère, cernée par la forêt immense et par un marais parsemé de bouleaux rachitiques, de pins et de tilleuls hydropiques. Vous ne verrez pas de terres labourées à Podlipnaïa ; les habitants ont essayé à plusieurs reprises de défricher ce sol inculte, mais vainement : ils s'y sont pris de toutes manières, ils ont semé leur blé à diverses époques, très tôt ou très tard, mais sans succès : la gelée, la pluie ou bien la sécheresse ont toujours fait périr les germes de leur récolte ; jamais le blé ne parvient à maturité, car la neige ou les grands froids sont toujours arrivés avant que les épis soient jaunis.

Quand ces pauvres gens ont bien travaillé, qu'ils se sont bien exténués toute l'année, ils doivent tout de même faucher l'herbe gelée ou prendre de l'écorce de tilleul pour la mélanger à leur farine afin de faire une espèce de pain. La seule verdure qu'on aperçût jamais à Podlipnaïa, était une mauvaise herbe très dure et très maigre qui croissait entre les mottes de terre du marais.

Dès le mois de septembre, l'hiver faisait rage et accumulait la neige en gros tas contre les petites fenêtres. Quelquefois même les toits disparaissaient sous un épais manteau blanc.

Jamais les Podlipovtsiens ne sont gais ou joyeux : en été même, pendant la belle saison, ils gardent l'expression triste des gens qui souffrent ; leur humeur est pénible et maladive. Les enfants eux-mêmes ne ressemblent pas aux autres enfants : ils courent, tombent, pleurnichent sans jamais chanter ou rire, ils s'ébattent pour ainsi dire à contre-cœur. Les vaches, les chevaux ont l'air de squelettes et se promènent d'un air morne. Le seul bruit qui fasse vibrer l'air, c'est l'aboiement d'un chien, échappé par miracle à la marmite, et que conserve sans doute un paysan désireux de se faire un bonnet de sa peau.

La plus mauvaise saison pour les Podlipovtsiens est l'hiver, comme je l'ai déjà dit. Des semaines entières se passent sans qu'on voie la moindre vie se manifester dans le hameau. On pourrait les croire dans la léthargie : en effet, ils sont presque tous malades, malades de misère et de saleté. Ils restent couchés ou vautrés, maudissant en silence le travail qui les éreinte sans les nourrir, eux-mêmes et leur propre sort, et tout leur entourage. Les pauvres diables sont torturés par la faim ou la maladie. Dans le nombre, pourtant, se trouvent des adolescents, des jeunes filles qui, bien que laides, sont brûlées de passions que la souffrance intense rend encore plus féroces.

Les Podlipovtsiens, qui dépendent du district de Tcherdyne, gouvernement de Perm, étaient autrefois des serfs dépendant de la couronne. Misérables comme tous les habitants de ce gouvernement, ils sont encore plus malheureux que les paysans des autres districts, car, sans industrie, ils n'existent que par un miracle.

Ils n'ont pas d'argent pour acheter du pain ; d'où en tireraient-ils, en effet, car la forêt qui les entoure est un capital qui ne rapporte rien ; dans ce district forestier, le bois n'a pas de valeur, et ce n'est pas des ustensiles de bois qui se vendent à un prix dérisoire, ni du foin qui abonde, que nos villageois peuvent faire commerce ? Les Podlipovtsiens vont bien à la chasse, mais la poudre coûte cher, et les ours commencent à se faire rares. Il est vrai qu'on peut les tuer au moyen d'un épieu en fer, moyen dangereux, mais qui a l'avantage de ne rien coûter. En général, quand un paysan de Podlipnaïa parvient à gagner trois roubles[1] pendant les six mois d'été, c'est une belle somme qui le fait vivre toute l'année ; mais il n'est pas facile d'y arriver. Aussi les habitants du hameau sont-ils devenus très apathiques : ils ont perdu toute espérance.

Les hommes, les femmes et les jeunes filles portent toute l'année la même chemise, qui, l'été, forme leur unique habillement avec un pantalon ou une jupe. L'hiver, ils ont une pelisse de peau de mouton, de chien ou de veau qui les réchauffe tant bien que mal. Tous portent des sandales d'écorce de tilleul, sauf les enfants qui vont pieds nus. Ces vêtements, pour mauvais qu'ils soient, les protègent pourtant contre les intempéries ; mais rien ne les garantit du mal qui les torture le plus souvent, de la faim. Pendant un mois à peine, dans toute l'année, on mange au hameau du vrai pain ; le plus souvent, ce sont des miches faites de balle de blé ou d'écorce, qui leur donnent des maladies dont ils ne savent se guérir. De là provient leur paresse au travail. C'est que la farine est trop chère pour qu'ils puissent manger du vrai pain : on amène, en effet, le blé des gouvernements méridionaux de la Russie sur des bateaux que les haleurs s'éreintent à tirer.

Les Podlipovtsiens sont faits à la faim comme ils sont faits à la maladie. Ils n'attendent de secours de personne, car dans les villages voisins on les hait et on les craint parce qu'on les croit sorciers. Ces gens-là voudraient les aider du reste qu'ils ne le pourraient pas, car ils meurent de faim toute l'année, ni plus ni moins que les Podlipovtsiens. Ils se tiennent prudemment à l'écart des habitants du hameau, car ils croient que ceux-ci peuvent leur jeter des sorts, leur nouer l'aiguillette et leur donner des pernées.

Il semble que les Podlipovtsiens devraient quitter un sol aussi ingrat que le leur et chercher fortune ailleurs ? Hélas, ils ont fait cette expérience : « Si je crève de faim ici, pourquoi la vie serait-elle meilleure autre part ? » À quoi bon partir de Podlipnaïa ? Mitiouk Kovitchka a quitté le hameau y laissant femme et enfants, pour ne jamais revenir. Terechka Viatka est parti en qualité de flotteur, et on ne l'a jamais revu non plus. Michka Gaïva, qui a été un jour à la ville, a disparu aussi. Les Podlipovtsiens ont même peur de ce qui n'est pas leur village ; les arbres, les chevaux, les vaches y vivent

---
[1] À peu près neuf francs en 1858.

bien, pourquoi n'y végéteraient-ils pas ?

Le hameau de Podlipnaïa a été fondé par un serf chasseur qui s'était établi avec sa femme et ses enfants en pleine forêt, sans avoir presque aucune relation avec les paysans voisins. Après sa mort, ses deux fils prirent femme et se bâtirent une chaumière. Peu à peu, la famille s'augmenta et finit par comprendre une trentaine de personnes qui demeuraient dans six maisons.

Les idées de ces braves gens sont fort simples : ils se doutent bien qu'il y a un Dieu, mais ils ne se sont pas creusé la tête pour savoir comment et de quoi il est fait. Ils conservent les habitudes chrétiennes de leurs ancêtres sans toutefois les comprendre ; ils prient devant des images qu'ils se sont faites et qui sont de véritables épouvantails. Comme c'est la terre qui nous donne notre nourriture et qu'on lui confie les morts, ils l'adorent, le soleil qui les réchauffe et les éclaire, ils l'adorent aussi comme un Dieu. Comme des dieux ils révèrent la lune, la pluie, la neige, les éclairs.

Ils savent aussi qu'il y a une ville qui s'appelle Tcherdyne, mais c'est tout : ils ignorent ce qu'il y a au delà. Ils n'y vont que pour s'y procurer la nourriture nécessaire, car c'est là que se trouve l'administration qui leur cause une sainte frayeur. Un beau jour, il était venu des fonctionnaires du gouvernement qui avaient visité ce hameau perdu, auquel ils donnèrent le nom de Podlipnaïa ; puis, après eux, était arrivé un prêtre qui leur avait fait embrasser la religion orthodoxe et abjurer leurs hérésies : on les avait même baptisés. C'est à partir de ce moment qu'on avait commencé à les recruter pour l'armée au même titre que les autres, mais aucun d'eux n'était revenu. S'ils l'avaient osé, les habitants du hameau auraient bien tenté de garder leur liberté, et chassé fonctionnaires et pope, mais le *stanovoï* les avait si bien caressés de son fouet, qu'ils ne regimbaient pas. Heureusement pour eux, le pope demeurait loin ; ils cachaient les images saintes que celui-ci leur avait données et ne les accrochaient au mur que lorsque le prêtre venait chez eux baptiser un enfant. Aussi bien, ils ne comprenaient pas ce qu'il leur disait de Dieu ; ils n'avaient peur que de l'enfer. Les Podlipovtsiens n'avaient point grand foi en leur pope. Quand ils se mariaient, c'était d'abord selon leurs coutumes, et ce n'est qu'après qu'ils allaient à la paroisse faire consacrer la cérémonie par le pope. Ils n'en auraient rien fait si celui-ci ne les avait pas menacés du *stanovoï* dont ils connaissaient trop bien le fouet pour désobéir. Ils n'avaient pas oublié que lorsqu'une épidémie avait fait mourir six personnes à Podlipnaïa, il les avait tous fait fouetter, hommes et femmes, et avait emmené avec lui trois vieillards dont on n'eut jamais aucunes nouvelles.

Les Podlipovtsiens ont toujours des arriérés d'impôts en souffrance. Où prendraient-ils de l'argent pour les payer ? — Ils se marient parce qu'ils aiment les filles d'un amour *à eux*, qui n'a rien d'idéal. Ils ont joué ensemble étant gamins ; une fois qu'ils sont pubères, ils vivent ensemble. Ce qui les ennuie fort, c'est qu'il faut toujours se rendre au village, soit pour se marier soit pour enterrer quelqu'un et que le pope exige toujours de l'argent. Quand l'un d'entre eux meurt, ils font la réflexion très philosophique que chacun doit mourir un jour. Leurs enfants sont de petits animaux qui vivent ou meurent selon le caprice de la destinée. Les mères s'en occupent pourtant un peu.

La langue que parlent les Podlipovtsiens est le permien, dialecte qui diffère sensiblement du russe. Leur prononciation est celle des habitants des gouvernements de Viatka et de Vologda.

II

Novembre. — L'hiver fait rage et semble vouloir décharger toute sa mauvaise humeur sur le seul hameau de Podlipnaïa. Ce matin, il fait 30 degrés au-dessous de zéro, le vent siffle dans la plaine, mugit furieusement et chasse la neige contre les maisons à demi ensevelies. Les arbres grincent sous son haleine puissante et plient en gémissant. Plus de route. Elle a disparu pendant la bourrasque. Que voit-on ? Une chaumière sans toit, dont l'unique fenêtre est obstruée par la neige. Le vent redouble de violence. Tiens ! une solive du plafond vient d'être emportée par un tourbillon glacé ; il y a des trous dans la neige, c'est là que sont tombées les pierres qui formaient la cheminée, enlevées par la bise rageuse, qui s'insinue jusque dans la chaumière, par un trou de la fenêtre. Personne ! pas une âme ! pas même un animal.

Un paysan, vêtu d'une touloupe de peau de mouton, sort de la chaumière. Il a un grand bonnet fourré, d'énormes gants de peau, un pantalon de toile bleue et des sandales de tilleul ; il touche à la quarantaine.

— Un fameux temps que cette sacrée bise. Faut croire qu'elle est de mauvaise humeur, marmotte-t-il en s'abritant contre le vent. Pas moyen d'avancer avec une foutue gelée comme celle-là.

Il fit résolument quelques pas en avant, mais un coup de vent le fit rouler dans la neige.

— Capon ! tu as peur, se dit-il, en crachant de mépris.

Il arriva pourtant tant bien que mal à la dernière chaumière, où il entra. Il faisait là un froid insupportable ; le vent gueulait par la fenêtre rompue et faisait tourbillonner des flocons de neige qui en plissaient peu à peu la chambre d'un duvet fin et blanc. Cette chaumière était dénuée de tout ; à part une table, des escabeaux et une vieille sandale qui gisait au milieu de l'unique chambre, il n'y avait rien. On entendait des gémissements qui partaient de la soupente et du poêle.

— Hé ! vous autres ! Êtes-vous morts ?

Seule, une plainte lui répondit.

— Oh ! oh ! vous êtes encore en vie, fit le paysan d'un ton joyeux.

— Pila ! viens ici ! dit une voix d'homme qui parlait de la soupente, très faible.

Sans se presser, Pila grimpa sur le poêle, où il aperçut une vieille femme étendue.

— Tu n'es pas encore crevée ? lui demanda-t-il avec sympathie.

La vieille ne répondit que par un gémissement.

Plus haut, dans la soupente, se trouvait Syssoïko, un jeune homme de vingt ans, couché dans sa touloupe, fort pâle et horriblement maigre. Il tremblait et frissonnait.

— Chauffe le poêle... veux-tu ? Il fait un froid qui me glace.

— Que faire ? C'est l'hiver. Tiens, mange, ajouta Pila, en lui tendant quatre pommes de terre cuites.

— Je suis bien malade, va, j'ai mal dedans... dit Syssoïko ; il aurait voulu se plaindre et indiquer son mal à Pila, mais il ne le put pas. Tout à coup, l'œil plus vif d'avoir mangé, il demanda :

— Et Aproska ?

— Aproska ? Elle est malade.

— Crèvera-t-elle ?

— Qui sait. En tout cas, elle est bien embêtante, elle ne fait que geindre et me dire : « Va vers Syssoïko, porte-lui ces pommes de terre ! »

— Tais-toi ! je n'ai pas la force de t'écouter, geignit Syssoïko.

Pila avait sincèrement pitié de son ami et de la vieille aveugle, qui agonisait depuis longtemps.

— Faut-il chauffer le poêle, hein ? À propos, où sont les gamins ? dit-il.

— Ils se sont couchés dans le poêle pour avoir plus chaud, répondit Syssoïko.

Pila, debout près de la fenêtre, balaya de la main la neige qui l'encombrait et chercha un objet avec lequel il pourrait bien boucher l'ouverture par laquelle le vent s'engouffrait dans la chaumière. Il ramassa la vieille sandale qui traînait à terre, mais cela ne suffisait pas.

— Donne-moi une de tes mitaines pour boucher ce trou, Syssoïko. Tu peux crever de froid ! Cochon de paresseux, tu es couché tout le temps...

Syssoïko jeta une de ses mitaines et son bonnet à Pila, qui les ramassa et boucha le châssis. Le vent cessa d'entrer dans la chaumière, mais en revanche, on n'y vit presque plus.

Plia sortit chercher du bois sous le hangar, près du cheval qui n'avait pas mangé depuis deux jours, à cause de la maladie de son maître.

Tout en jurant et en pestant contre le vent et la neige, Pila apporta du foin au cheval.

— Pauvre bête, fit le paysan attendri, en le voyant mâcher avec avidité les tiges maigres et dures.

Gavrilo Gavrilitch Piline, surnommé Pila, était un brave homme, déluré et travailleur, qui trouvait toujours quelque chose à gagner de droite et de gauche. L'année précédente, il avait été à la chasse où il avait tué assez de gibier pour nourrir toute l'année sa famille avec l'argent qu'il en avait retiré à Tcherdyne. S'il n'avait pas eu le malheur de perdre son fusil dans une rivière et de tomber lui-même dangereusement malade pendant deux mois, il s'en serait tiré aussi cette année-là. Quand il se rétablit, la misère était atroce dans le hameau, on en était à manger de l'écorce d'arbre, et hommes et chevaux croyaient devoir crever de faim. Grâce à l'esprit entreprenant de Pila, ils s'en sortirent tout de même. Il réunit tous les ustensiles de bois que les habitants avaient fabriqués et dont on pouvait tirer quelques kopecks et partit à la ville, où il connaissait un cabaretier qui lui trouva des acheteurs. Il ramena à Podlipnaïa passablement de farine, qu'il partagea avec ses camarades. Quand il ne parvenait pas à gagner quelque chose, il faisait cent verstes avec sa rosse et s'en allait mendier et partageait les aumônes qu'il avait reçues avec ceux de Podlipnaïa. Les paysans, encouragés par son activité, travaillaient tant qu'il était avec eux, mais sitôt qu'il était parti, se couchaient à terre à ne rien faire. C'était lui qui leur conseillait de faucher l'herbe et de la mettre en meules quand il était temps ; ils n'auraient pas eu cette initiative. Pila avait vu un jour un paysan vendre des simples ; il s'était mis à en recueillir et à soigner ses voisins avec des tisanes dont il ne connaissait pas la vertu ; pourtant ils guérissaient quelquefois très vite, ce qui est assez étrange.

C'était toujours aussi Pila qui allait au village vers le pope quand il fallait marier, baptiser ou enterrer quelqu'un, car les paysans de Podlipnaïa craignaient fort le prêtre, qui exigeait toujours qu'on le payât, et qui savait effrayer son monde. Le marié et la mariée s'en allaient mendier de droite et de gauche, sous la conduite de Pila, jusqu'à ce qu'ils eussent réuni les kopecks exigés par le pope. Toujours gai, et rarement malade, Pila était le moins malheureux des Podlipovtsiens, aussi les autres paysans le croyaient-ils sorcier. On le craignait, ce qui l'amusait fort.

Matriona, sa femme, était comme toutes les femelles de Podlipnaïa, assez maladive, mais vigoureuse quand elle était bien portante. Elle n'avait, du reste, pas d'autre occupation que celle de traire la vache ; aussi dormait-elle toute la journée. Pila l'aimait à sa manière ; quand il allait au village ou à la ville, il la prenait avec lui. Souvent elle ne voulait rien faire, alors son mari l'assommait de coups, comme son cheval.

Leurs enfants, Aproska, qui avait dix-neuf ans ; Ivan, qui en avait seize ; Pavel, de deux ans plus jeune que son frère, et Tiounka, marmot de cinq ans, avaient crû au hasard de la destinée. Aproska était une jeune fille maigre, peu jolie, souvent malade et paresseuse comme sa mère. Son père ne se faisait pas faute de la rouer de coups, quoiqu'elle fût sa préférée. Ivan et Pavel avaient beau être malades, il ne les laissait pas fainéanter ; toutefois, s'ils étaient trop faibles pour se lever, il les bourrait de tisanes et les nourrissait un peu mieux. Il n'en avait pitié que quand ils hurlaient, et encore leurs plaintes l'embêtaient-elles bien vite. Les deux frères étaient grands amis et travaillaient toujours ensemble : ils avaient chacun la prétention de travailler mieux l'un que l'autre.

Leur amour pour les filles se bornait à les pincer, à les taquiner et à les injurier. Pila désirait qu'Ivan se choisit une fiancée, il l'envoya un jour vers Agacha, qui, à son idée, convenait parfaitement à son fils. Ivan ne voulait pas aller vers elle.

— Bûche que tu es ! tu verras comme c'est bon d'avoir une femme !

Ivan se laissa persuader et trouva bientôt cela drôle : il ne tarda pas à être continuellement aux trousses d'Agacha. Pavel apprit aussi de son père comme c'était bon de vivre avec une fille : il se choisit aussi une fiancée.

Syssoïko vivait à côté de chez Pila. Leurs maisons étaient près l'une de l'autre. Ce Syssoïko était le plus pauvre diable du hameau, parce qu'il était rarement bien portant. Quand son père vivait, il allait avec lui à la chasse aux ours, mais ils n'y gagnaient que juste de quoi ne pas mourir de faim. Deux ans auparavant, son père avait été tué par un ours, que Syssoïko avait abattu, mais qui, en tombant, lui avait brisé l'épaule. Il se traîna à grand'peine jusqu'au hameau. Pila, qui était avec eux, rapporta l'ours et le chasseur. Quand il mena au pope le cadavre pour le faire enterrer, le prêtre s'y refusa et fit appeler le *stanovoï*, qui crut que Pila et Syssoïko avaient tué le chasseur. Pourtant, il accepta l'ours et ordonna au pope d'enterrer le mort. Syssoïko vivait misérablement, et sans Pila il serait certainement mort ; il aidait celui-ci dans ses travaux, recueillait avec lui des plantes médicinales, et recevait en échange du pain et quelquefois même de la viande ; il aimait par conséquent beaucoup Pila.

Aproska et Syssoïko avaient grandi ensemble. Leurs relations avaient été très enfantines, jusqu'au moment où Syssoïko avait atteint ses dix-huit ans. Les jeunes gens s'étaient si bien attachés l'un à l'autre qu'ils s'ennuyaient à la mort quand ils étaient une journée sans se voir. Ils ne pouvaient pas se passer l'un de l'autre, tantôt c'était Syssoïko qui était chez Pila, tantôt Aproska qui était chez Syssoïko. À dix-sept ans, elle avait eu un enfant qui mourut avant l'arrivée du pope ; aussi l'enfouit-on dans la forêt, sans avertir celui-ci. Maintenant encore, elle était enceinte. Pila n'ignorait pas que c'était des œuvres de Syssoïko.

Le jeune homme était fort dégoûté de la vie qu'il menait chez lui : jour et nuit, son frère Piotre et sa sœur Pachka hurlaient de faim et de froid. Ces pauvres enfants de quatre et de deux ans ne savaient ni parler, ni marcher. Leur mère, aveugle et folle, ne pouvait s'occuper d'eux. Syssoïko ne les aimait guère et ne leur ménageait pas les coups. Il les faisait coucher sur le sol, afin qu'ils mourussent, ou bien il ne leur donnait pas à manger, ce qui les faisait encore crier plus fort. Il se fâchait alors si violemment qu'il les aurait assommés... mais, brusquement, il en avait pitié. Pila valait mieux que lui et apportait toujours quelque chose à manger aux bambins, qui tendaient vers lui leurs petits bras. Syssoïko restait souvent des semaines entières chez Pila, sans s'inquiéter le moins du monde de sa mère et de ses frères, très heureux de ne plus les entendre geindre.

Si Pila y avait consenti, il se serait établi définitivement chez lui, mais le paysan lui avait refusé carrément.

— Que diable, lui disait-il, c'est tout de même ton frère et ta sœur ! Ta mère t'a nourri.

Pila et Matriona voulaient que Syssoïko attendît la mort de sa mère et des gamins pour venir demeurer avec eux et se marier avec Aproska. Ils persuadèrent les deux jeunes gens qui résolurent d'attendre pour se marier que les petits mourussent.

Au moment de notre récit, les Podlipovtsiens étaient dans une fort vilaine passe ; manquant de pain et ne se nourrissant plus que de farine gâtée mélangée à de l'écorce d'arbre pilée, ils étaient tous malades. Chez Pila, Matriona, Aproska et Ivan ne pouvaient plus se lever depuis trois jours. Le père voyait bien que les simples n'avaient aucun effet et que le meilleur remède pour tout le monde aurait été du pain de farine, mais il n'osait aller à la ville de Tcherdyne, de peur de trouver toute sa famille morte à son retour. Il avait encore des pommes de terre et du lait, ce qui, Dieu merci, suffisait à sa famille, mais les autres ! — S'il partageait avec eux ses maigres provisions, il mourrait lui-même de faim. Que faire ? Le pauvre homme était dans un grand embarras...

III

Pila apporta dans la chaumière de Syssoïko une brassée de bois, qu'il jeta à terre. Il regarda à l'intérieur du poêle : le petit garçon et la fillette étaient couchés tout nus.

— Sortez de là ou je vais vous griller, leur cria-t-il.

Aucune réponse ne se fit entendre. Il tira le petit garçon par une jambe et s'aperçut qu'il était mort.

— Voyez-vous ça ? fit le paysan, en le pinçant rudement, il est mort.

— Qui ça ? demanda Syssoïko.

— Le gamin.

— Tant mieux ! et la gamine ? continua le jeune homme en se penchant hors de la soupente.

Pila tira la petite fille par une jambe et vit qu'elle était morte aussi : elle avait la tempe gauche écrasée ; on ne pouvait distinguer son visage, couvert de caillots de sang et de suie.

— Regarde un peu ! Syssoïko.

Celui-ci ne voyait pas très bien de sa soupente.

— Eh bien ? morte aussi ?

— Allons donc, tu es aveugle ; elle est assommée.

— Menteur !

Pila coucha le petit garçon et la petite fille sur un banc et les regarda avec compassion.

— Dis donc, Syssoïko, ce n'est pas toi, au moins, qui les as assommés ?

— Ne dis pas de bêtises !

— C'est toi, bien sûr !

— Suis-je un fou pour tuer ma sœur ?

Pila hocha la tête, tandis que Syssoïko cachait sa tête dans sa pelisse.

Pila alluma une brindille de bouleau, à la lueur de laquelle il examina l'intérieur du poêle ; il aperçut alors une grosse pierre qui s'était détachée de la cheminée, et qui avait causé la mort des deux enfants.

— Regarde un peu ce bloc ! fit-il à Syssoïko, qui entr'ouvrit les yeux et resta bouche béante d'étonnement, sans pouvoir proférer un mot.

Le paysan emplit ensuite le poêle de bois, qui, en flambant, éclaira la cabane.

— Pauvres enfants, dit Pila en regardant les gamins, ils ont bien fait de mourir... Ils sont bien morts, Syssoïko, tu entends ?

— Tant mieux ! je pourrai maintenant demeurer chez toi.

— Mais, ta mère ?

— Oh ! elle mourra aussi.

La vieille marmottait des paroles incohérentes qui n'attiraient nullement l'attention des deux hommes. Pila, du reste, était anxieux : que fallait-il faire des enfants ? Si on les enterrait sans les mener au pope, celui-ci crierait, et alors malheur à eux ! Si, au contraire, on les conduisait au cimetière du village, le prêtre, comme toujours, exigerait de l'argent.

Le paysan se décida pour la dernière alternative : comme il n'avait presque plus de pain à la maison, il trouverait à s'en procurer au village et profiterait de l'occasion pour faire enterrer les enfants.

— On ferait mieux de les encrotter dans la forêt, dit Syssoïko en bougonnant ; pourtant, sur l'insistance du paysan, il se décida à sortir avec lui.

Pila rentra dans sa chaumière, qui était plus propre et mieux éclairée que celle de son ami mais absolument nue. Aproska était étendue sur le poêle ; Matriona, vautrée dans la soupente, attendait que son mari leur apportât du lait, en mangeant une pomme de terre.

— Où es-tu resté tout ce temps ? grogna-t-elle.

— Les deux enfants de la Syssoïka sont morts... Leur mère est en train de crever, et Syssoïko lui-même est bien malade.

— Vrai ? fit Aproska avec passion.

— Puisqu'on te le dit, bête !

— Où as-tu mis le lait ? demanda Matriona.

— La vache est tarie, fit Pila. J'ai beau eu la traire, rien n'est venu.

— Fichue bête ! tu n'as pas su t'y prendre. Quand je la trais, elle n'est pas à court. Tu es devenu joliment paresseux.

— Attends, salope ! si tu grognes, je vais te réchauffer les reins.

Le lendemain, Pila fit une boîte, dans laquelle il coucha les deux petits cadavres, fourrés dans des sacs, et qu'il ferma avec des planches. Il attela son cheval et prit avec lui deux paires de sandales et des cruches de bois de bouleau que son voisin Marochka avait faites.

IV

Notre paysan arriva le soir même au village et coucha chez un gars de sa connaissance. Le lendemain, de grand matin, il se rendit chez le pope, qui refusa d'enterrer les enfants, car il était mécontent de voir, une fois encore, Pila arriver les mains vides.

— Tu m'apportes toujours de l'ouvrage, sans me faire le moindre cadeau. Grâce à votre lésinerie, je porte des sandales ; cela convient-il à un homme de mon rang ?

Pila trouvait très naturel que le pope eût la même chaussure que lui ; aussi partit-il d'un éclat de rire sonore.

Tout en grondant, le prêtre finit par revêtir une vieille soutane trouée et rapiécée.

— Oui ! ris, canaille, j'ai envie de pleurer, moi ! N'est-ce pas une honte que d'être ici depuis cinq ans, avec des sauvages comme vous, sans avoir pu mettre un sou de côté ? Je ne veux plus rester ici ; je m'en irai.

— Va-t-en, puisque tu en as envie, fit Pila avec sang-froid.

— Si seulement on me donnait une autre place, je ne ferais pas de vieux os dans un trou pareil ; mais on ne veut pas me changer : j'ai demandé à être envoyé ailleurs. L'évêque m'a fait une remontrance.

Le pope envoya le paysan à l'église, avec son diacre.

— Ouvre le cercueil, dit ce dernier, quand Pila eut apporté la caisse grossière qui contenait les cadavres.

— À quoi bon ?

— Il le faut.

— Est-ce qu'on ne peut pas les enterrer comme ça ?

— Non ! ouvre ce cercueil, Dieu sait ce que tu tiens à cacher.

Pila s'offensa.

— Je t'ai déjà dit que c'étaient les enfants de la Syssoïka.

— Tu ne veux pas ouvrir, eh bien ! attends, je vais appeler le *stanovoï*.

Le paysan prit peur et souleva une planche d'un coup de hache.

— Décloue les autres et dénoue les sacs que je les voie.

Pila ouvrit le sac qui contenait le petit garçon, la figure en l'air. Le diacre l'examina et vit qu'il était bien mort. Il en eut même un peu pitié. Il défit les cordes de l'autre sac : la petite fille était couchée sur le ventre. Le diacre la retourna sur le dos et brusquement fit un pas en arrière, terrifié.

— Ah ! tu veux nous tromper, canaille ! Qu'as-tu fait ?

Pila eut un frisson.

— Petit père, ce n'est pas moi !

— Tu mens, brigand, avoue ton crime.

— Ne crie pas ! Je t'en prie ! ils ont été tués par un ours.

— Tu mens ! Je vais chercher le *stanovoï*.

— Petit père, ne me perds pas, hurla Pila en se jetant à genoux. Une pierre du poêle est tombée et l'a écrasée... Je te donnerai tout ce que tu voudras ; ne me perds pas...

— Raconte comme c'est arrivé.

Le diacre était indécis : le récit de Pila avait ébranlé ses soupçons, et puis, la blessure semblait bien avoir été faite par une pierre. Mais qui sait, il l'avait peut-être assommée.

— Non ! je m'en vais avertir le *stanovoï*.

— Petit père, je t'en supplie, aie pitié de moi, je t'ai tout dit. Je ne suis pas un brigand... Ils se sont fourrés dans le poêle pour avoir chaud... J'ai tenu la pierre qui les a tués : elle est très grosse.

— Baise la croix. Si tu mens, tu seras damné.

Pila la baisa.

— Jure maintenant que ce n'est pas toi qui l'a tuée.

— Je te dis que non. Syssoïko est bien malade, va !...

Le diacre hésitait encore : semblable histoire l'effrayait, à cause des suites qu'elle pouvait avoir. Pila tomba de nouveau à genoux devant lui.

— Ne me perds pas !

Deux heures plus tard, Pila conduisait à Podlipnaïa le pope et le diacre dans leur traîneau attelé de son cheval et de celui du prêtre.

V

Pila fut de mauvaise humeur toute la route. Le pope et le diacre réfléchissaient de leur côté aux moyens qu'ils devaient employer pour inspirer une sainte terreur aux Podlipovtsiens, et les rendre plus chrétiens et partant plus généreux. Une fois arrivés chez Pila, les deux prêtres grimpèrent dans la soupente, qui, à cause de son élévation, était plus chaude que le reste de la cabane. La famille du paysan était toute entière sur le poêle : Aproska et Ivan étaient encore malades, Matriona était bien portante.

— Matriona, donne-nous à manger, dit le pope, une fois installé.

— Je n'ai rien à te donner. Nous n'avons ni pain ni lait. Nous grignotons maintenant du pain d'écorce.

— Eh bien ! va emprunter quelque chose chez tes voisins.

— Où trouverai-je du pain, quand personne n'en a dans le hameau ? Peut-être Pila en a-t-il apporté ?

Ce dernier s'était, en effet, procuré deux miches au village, ainsi que quelques livres de farine. Tout en détélant son cheval, il jurait contre le prêtre et son diacre ; il n'avait pourtant pas négligé d'avertir les habitants du hameau de sortir leurs images saintes du grenier et de les accrocher au coin de la chambre.

Il apporta dans sa chaumière les deux miches qu'il partagea entre les prêtres et sa famille : au bout de quelques minutes, il n'en restait plus rien qu'un morceau qu'Aproska refusa de manger et garda pour Syssoïko.

— Dis donc, Pila, veux-tu de l'eau-de-vie ? cria de la soupente le diacre qui était déjà ivre.

— Oui, dame !

Le paysan but un coup à la gourde du pope.

— Allons maintenant chez ton compère, dit ce dernier en descendant de la soupente. Eh bien, ma fille, tu n'es pas encore mariée ?

— Non, petit père !

— Fais attention de ne point avoir d'enfants.

— Quand il fera plus chaud, je la mènerai à l'église.

— Il y a déjà longtemps que tu me dis cela ! À qui la donnes-tu ?
— À Syssoïko.
— Ah ! ah !... allons.

Pila conduisit le pope et son diacre chez Syssoïko, auquel il remit le pain qu'Aproska lui avait gardé. Le jeune paysan se sentait un peu mieux, mais il était trop faible pour quitter le poêle. Comme il faisait froid et sombre dans la cabane, le pope ordonna à Pila d'allumer un flambeau de résine ! il examina si l'image était à sa place et fit son enquête. Pendant qu'il furetait dans le poêle, la vieille Syssoïka grognait et gémissait comme à l'ordinaire.

....

Les prêtres passèrent la nuit au hameau et s'en retournèrent au village, accompagnés de Pila qui tenait sa vache par une corde.

Si pénible que cela lui eût paru, le pauvre diable avait été obligé de donner son unique vache, sans quoi le pope et son diacre l'auraient dénoncé au *stanovoï* et alors, gare ! Il se consolait pourtant en se disant que, quand son voisin Pantéleï mourrait, il hériterait de sa vache, et puis, même si ce dernier ne mourrait pas, il en volerait une dans un autre village.

VI

Pila revint au hameau dans la soirée. Quand on avait enfermé sa vache dans l'étable du pope, il avait bien pleuré ; il avait même pensé à la voler, mais les portes de l'écurie étaient fermées au cadenas. On avait enterré le matin les deux cadavres dans une petite fosse, qu'on avait comblée de terre et de neige. Une fois le service fini, Pila avait supplié le diacre de lui donner quelque argent. Ce dernier avait eu pitié de lui et lui remit une pièce de quinze kopecks. Le paysan se sentit très heureux de ce don et fit une grande révérence à son bienfaiteur.

Pourtant la perte de sa vache avait été un coup pour lui : son chagrin l'étourdissait ; que ferait-il maintenant que sa nourricière lui était enlevée ? Comment vivrait-il avec sa famille ? Il ne fallait pas penser à subsister jusqu'à l'été sans provisions. Pila était si abattu qu'il maudissait sa propre vie, et la mère qui l'avait enfanté ! Il battit longtemps son cheval, sans motif. Il s'assit pourtant dans son traîneau, et partit droit devant lui, sans s'inquiéter de la route : tout chemin lui était bon, tant il était désespéré. La rosse trottait, les brides sur le cou, et l'amena au coin d'une forêt où se trouvaient deux chemins, l'un conduisant au hameau, l'autre à la ville. Pila prit celui de la ville.

Il passa là deux semaines à vivre d'aumônes : il entrait dans les maisons qu'il savait appartenir à des gens riches et charitables, et n'en sortait jamais avant d'avoir reçu un morceau de pain ou un demi-kopeck. Il récolta ainsi un tas de croûtes qu'il cacha dans son traîneau ; quant à l'argent, il le dépensait à acheter de l'eau-de-vie. Il rencontra un jour le diacre du village, qui lui dit qu'il avait vendu sa vache à un pope de la ville. Pila s'informa de l'endroit où elle se trouvait et s'en alla pendant deux nuits rôder autour de l'écurie du nouveau propriétaire ; il grimpa même sur la palissade et se glissa dans la cour, sans toutefois trouver sa vache ; de mécontentement, il mit bas à coups de hache deux cochons qu'il jeta de l'autre côté de la barrière et qu'il enfouit dans la neige non loin de la ville.

Il pensait à partir, quand il vit autour d'un cabaret une foule de paysans Zyrianes, Votiaks, Permiens, ou appartenant aux gouvernements de Vologda et d'Archangelsk. Curieux de savoir ce qu'ils faisaient là, il demanda à un paysan :

— D'où es-tu, moi, je suis de Podlipnaïa.

— Nous voulons être *bourlaki* (haler les barques).

— Tiens et pourquoi ?

— On dit que c'est un fameux métier, qu'on devient riche.

Pila réfléchit et se souvint d'avoir vu chaque hiver autour de ce cabaret une masse de paysans qui disaient vouloir haler les barques sur le fleuve, parce qu'on y gagnait beaucoup d'argent. Jusqu'alors, il ne les avait pas crus, et ne savait même pas en quoi consistait leur travail. Cela lui était bien égal. Mais maintenant la vie qu'il menait lui semblait insupportable. Il se demanda s'il ne devait pas aller avec eux, mais il repensa tout à coup à sa famille, à Syssoïko et à Aproska.

— Qu'ils s'en aillent au diable avec leur halage !

Il trouvait qu'il faisait meilleur avec Aproska qu'avec les *bourlaki* (haleurs).

— Je voudrais bien m'en aller, mais où ?... Si je pars, je ne reviendrai plus au hameau.

Il demanda pourtant aux *bourlaki* :

— Êtes-vous beaucoup ?

— Au moins trente, mais nous ne sommes pas tous ici.

— Et vous allez loin ?

— Très loin !

— Que faites-vous ?

— Nous voguons sur le fleuve.

— Partez-vous bientôt ?

— Oui.

Pila quitta les paysans et s'assit dans son traîneau. Il retourna à Podlipnaïa : tout en voyageant, il se demandait s'il ne ferait pas bien de se joindre aux *bourlaki*. À ce qu'on lui avait dit, ces gens-là mangeaient autant de pain qu'ils voulaient, tandis qu'au hameau, on crevait toujours de faim.

— Et puis il y a toujours quelqu'un à enterrer chez le pope. Cette foutue vie m'embête. Je veux être *bourlak*, c'est décidé. Que les Podlipovtsiens crèvent de faim, s'ils le veulent ! Cela ne me regarde pas. Quand Syssoïko et Aproska seront guéris, nous quitterons le hameau.

Pila fut si content de cette perspective qu'il éclata de rire. Il était maintenant bien décidé à s'en aller avec Aproska et Syssoïko haler les barques, sans même savoir ce que c'était de haler ni avoir jamais vu un bateau. Il croyait aveuglément à la richesse et à la quantité de pain dont on lui avait parlé !

— Je foutrai mon camp, et, alors, je ne ferai plus de révérences à personne, ni au pope, ni au stanovoï. On ne me prendra pas ma vache, ma jolie vache ! Je ne crains personne !

Pila se sentait courageux à la pensée qu'il allait être haleur : il éprouvait une sensation inconnue de liberté, d'indépendance.

Il mit quatre jours à arriver à Podlipnaïa, car il couchait dans tous les villages qui se trouvaient sur sa route. Il rêva plus d'une fois, pendant son sommeil, à ce halage qui l'occupait tant. Il se voyait aller avec Syssoïko, Aproska, et tous les Podlipovtsiens. Dans son rêve, il se fâcha tout rouge : pourquoi ces gens venaient-ils à sa suite ? Pourquoi Matriona l'accompagnait-elle ? Il ne les avait pas priés... ils n'avaient qu'à filer... Il lui sembla qu'ils avaient déjà marché toute la journée dans la montagne sans voir ni village ni hameau. Tout à coup, un paysan glissa et dégringola en bas d'un rocher ; après lui un autre, puis un autre, puis tous les paysans. Pila, tout épeuré, cria, et... se réveilla. Quand il vit qu'il n'était pas encore arrivé chez lui, il essaya de se rendormir pour avoir un songe plus agréable. Cette fois, il eut un autre rêve : ils coupaient et coupaient des arbres, bien qu'il n'y eût point de forêt devant eux. Syssoïko et Aproska disparurent tout à coup. Il les chercha partout sans les trouver ; enfin, il arriva dans le marais du hameau, et les vit à terre, morts. Un ours les a rongés.

Pila pleure et hurle. Il se réveilla de nouveau, les larmes aux yeux. Il se demanda si Aproska et Syssoïko étaient vivants. Le cœur lui défaillit quand il pensa qu'ils pouvaient être morts. Il ne pourrait vivre sans eux. Pour la première fois de sa vie, il ressentit une grande douleur : il avait perdu sa vache, et il avait peur de ne plus retrouver ses deux préférés.

Toute la route, cette idée le tortura, et il eut, en arrivant au hameau, une angoisse atroce, comme si une centaine d'ours lui rongeaient le cœur.

VII

Pila craignait d'arriver tout droit chez lui. Aussi se dirigea-t-il vers la chaumière de Syssoïko. Les fenêtres étaient sombres ; pas un bruit ne se faisait entendre. Le cœur du paysan se serra.

— Êtes-vous morts ? cria-t-il

Il ne reçut aucune réponse ; il aurait bien grimpé à la soupente, s'il n'avait pas eu peur de tomber, et puis aussi l'idée de sentir un cadavre froid dans l'ombre le terrifiait. C'était bien la première fois que la mort lui donnait un frisson. Il monta pourtant sur le poêle, où il trouva la mère de Syssoïko étendue. « La vieille est morte, se dit-il ; pour sûr, son garçon est chez moi ! » Il pinça la vieille femme qui était déjà toute froide. Rien que d'entrevoir son visage rouge-verdâtre avec ses grands yeux ouverts qui le fixaient d'un air sévère, il eut une terreur effroyable et sauta à bas du poêle pour s'enfuir.

— Cette charogne serait capable de me ronger encore ! grogna-t-il.

Pila entra très allègrement dans sa chaumière.

Matriona, en l'apercevant, commença à jurer :

— Sale bête ! tu as voulu que nous mourions tous ; tiens, voilà Aproska qui est morte !

Pila se sentit assommé, comme si on lui avait asséné un grand coup de gourdin sur le crâne : il ouvrit la bouche et regarda stupidement sa fille étendue sur le poêle. Elle ne respirait plus. Elle ressemblait tellement à ce qu'elle était deux semaines auparavant, que Pila eut peine à la croire morte… Il la tâta, mais elle ne bougea pas. Pila poussa un hurlement et s'enfuit dans l'étable où il pleura longtemps en se roulant de douleur. Ivan et Pavel dormaient tranquilles. Le père désolé se demanda s'il n'allait pas repartir tout de suite ; mais il pensa à Syssoïko, dont il eut grande pitié. Il fallait aussi enterrer Aproska. Quand Pila rentra dans la chaumière, il vit Matriona qui sanglotait sur le poêle et Syssoïko qui regardait sa fiancée d'un air sauvage ; il ne pleurait pas, mais une souffrance atroce le torturait. Il aimait tant Aproska qu'il aurait toujours voulu être avec elle, et pourtant elle était morte ; pourquoi n'était-il pas mort, lui aussi ? Il aurait tout fait pour rendre la vie à la jeune fille ; il serait mort avec plaisir, pourvu qu'elle fût vivante.

Pila était aussi éprouvé que le jeune homme : il regarda longtemps sa fille, et l'appela doucement :

— Aproska !

Elle ne bougea pas.

Le père poussa alors des hurlements.

Syssoïko pleurait.

La douleur de Pila était toujours aussi violente ; il sortit sur la route et pensa… il ne pensa à rien, mais le cœur lui faisait bien mal. Tout lui répugnait, lui donnait des nausées, le hameau, les voisins.

— Il faut que je fiche le camp de Podlipnaïa ! Quelle sale vie aurais-je ici sans Aproska ? Dis donc, Syssoïko, viens avec moi, nous irons haler les barques, c'est fameux.

— Non !

Syssoïko se refusait encore à croire que sa fiancée fût morte : elle avait l'air si vivante. Elle ne faisait peut-être que semblant d'être morte pour le taquiner.

Pila continuait :

— Viens, que je te dis. C'est fameux d'être haleur : on est riche comme tout, on mange autant de pain que l'on veut !

Syssoïko ne se laissait pas convaincre : il ne répondit aux ouvertures de Pila que par des injures.

— Eh bien, crève ! diable têtu ; quant à moi, je prends les gamins, et je m'en vais...

Matriona ne cessait d'insulter son mari :

— Maintenant que tu as donné notre vache, je te conseille de repartir et de donner aussi notre cheval.

Malgré les récriminations de sa femme, le paysan résolut d'emmener Aproska et la mère de Syssoïko vers le pope.

— Cette fois, s'il me demande quelque chose, je ne lui donnerais rien du tout, il fera ce qu'il voudra.

Il fit une bière avec l'aide de Syssoïko dans laquelle il plaça les deux morts sans rien changer à leur habillement. Syssoïko, par un sentiment naïvement délicat, revêtit les mains de la jeune fille de ses propres mitaines et lui posa sur la poitrine un gros morceau de pain. Le même jour, c'est-à-dire le lendemain de son arrivée, Pila partit avec toute sa famille de Podlipnaïa. Matriona, Ivan, Pavel et Tiounka étaient dans le traîneau de Syssoïko, assis lui-même dans celui de son camarade. Ils étaient tous deux à cheval sur la bière.

Chemin faisant, Pila décida le jeune paysan à l'accompagner et à devenir haleur de barques. Maintenant qu'Aproska était morte, tout était bien égal à Syssoïko : il jura longtemps, mais l'idée de manger du pain tant qu'il voudrait le convainquit. Et puis Podlipnaïa, sans sa bien-aimée, ne le retenait plus.

— Elle ne reviendra pas, la pauvrette ! C'est dommage, mais que faire ?

— Oh ! Aproska, tu es une charogne, fit Syssoïko dans une bordée de mauvaise humeur.

Il était offensé que sa fiancée fût morte sans lui.

La journée était chaude : le soleil brillait, la neige des toits commençait déjà à fondre ; pas un souffle de vent ne troublait la tranquillité de l'air quand ils arrivèrent au village.

— Regarde un peu comme il nous, chauffe bien. C'est bon, hein ?

L'été n'est pas loin.

Au lieu de dérider Syssoïko, son contentement ne fit que l'assombrir plus encore. Il ne pensait qu'à Aproska. Pourquoi était-elle morte ?

Le diacre s'étonna fort de voir les Podlipovtsiens s'arrêter devant sa maison.

— Eh bien, mes petits frères ?

— Tu vois bien ce que je t'amène, bougonna Pila.

Une foule de paysans vint écouter Matriona qui racontait tous leurs malheurs : beaucoup compatissaient à la mère et à la morte.

— Et quelle est l'autre défunte ? demanda le diacre.

— Sans toi, elle serait encore vivante, gronda Pila qui tenait à décharger sa mauvaise humeur sur quelqu'un.

— Allons, puisqu'elle est morte, il n'y rien à faire.

— Oui, si elle a fermé les yeux, c'est qu'elle est morte.

— Allez à l'église ; j'y serai dans un instant. La foule se dispersa ; le diacre s'en alla chez le *stanovoï*, les paysans rentrèrent chez eux ; Pila et Syssoïko conduisirent leurs traîneaux près de l'église, et portèrent le cercueil au milieu de la nef, puis, accompagnés de leurs enfants, ils allèrent au cimetière.

— Sont-ce tous des gens enterrés, ces croix ?

— Parbleu ! que veux-tu qu'il y ait d'autre. Te souviens-tu où nous avons enterré ton père ?

— Ma foi non !

— Ni moi non plus.

Les deux hommes et les deux gamins enlevèrent dans un coin la neige qui couvrait la terre et creusèrent avec leurs haches une fosse de peu de profondeur, qui pourtant les mit en nage, tant la terre était dure.

Ce travail prit bien une heure ; le marguiller vint les appeler ; le pope, en chasuble, officiait déjà avec l'aide du diacre, qui tenait un encensoir. Un lampadaire unique brûlait dans l'église, flanqué de deux cierges qui ne parvenaient pas à dissiper l'obscurité. On découvrit le cercueil.

Pila et Syssoïko, debout, ne priaient pas, ils ne pensaient qu'à la morte : oh ! comme ils la regrettaient ; c'était vraiment dommage qu'on la mît en terre : elle était si jolie... Si la vieille la mangeait ?

— Il aurait fallu faire une seconde bière, dit Syssoïko.

— C'est trop tard, soupira Pila....

Le service finissait ; le pope aspergea les cadavres de terre et ordonna aux Podlipovtsiens de les emporter.

Pila eut toutes les peines du monde à arracher Syssoïko du cercueil ; celui-ci voulait regarder encore une fois Aproska.

— Laisse-moi l'embrasser !

— Assez, tu m'embêtes.

— Écoute, je mangerai le nez d'Aproska.

— Essaie un peu, et Pila fourra son énorme poing sous le nez de Syssoïko.

— Je ne veux pas qu'on l'encrotte ; je l'emporterai.

— Ne la touche pas !

— Laisse-moi faire !

Syssoïko et Pila se seraient battus, sans l'intervention du pope et du diacre qui les poussaient hors de l'église, tandis que deux paysans, venus comme curieux, emportaient le cercueil.

Pila entoura la bière d'une corde qu'il avait apportée et la laissa glisser dans la fosse avec l'aide de Syssoïko et des gamins.

— Pila, laisse-moi la regarder.

— Si tu crois que je vais dénouer la corde pour te faire plaisir, tu te trompes.

— Je veux défaire le nœud moi-même.

Le paysan donna au jeune homme un coup d'épaule qui le fit s'écarter ; il jeta alors, comme un enragé, de la terre sur le cercueil et combla en moins de rien la fosse fraîchement creusée, puis il planta sur le tas de terre les deux haches qu'ils avaient avec eux.

— Allons, Aproska, tu ne peux pas te plaindre ; on ne t'a fait tort de rien.

Les gamins retournèrent alors dans l'église auprès de leur mère qui n'avait pas voulu assister à l'enterrement.

Pila et Syssoïko restèrent près d'une demi-heure auprès de la fosse, sans mot dire ; ils regrettaient leurs hachettes, mais qui sait ? Aproska pouvait en avoir besoin.

— La pauvre ! elle a vécu, vécu et maintenant elle est morte.

— Si seulement la vieille ne la mange pas... Dis donc, pourquoi l'a-t-on enterrée ?

— Parbleu, parce qu'elle est morte ! Que veux-tu qu'on en fasse ?

— Reprenons-la et partons ! Veux-tu ?

— Essaie. Elle n'est déjà plus là.

— Menteur !

— Le pope m'a dit qu'elle s'était envolée.

— Puisque nous l'avons enterrée, qu'en peut-il savoir ?

— Il m'a pourtant dit qu'une fois ensevelie, ffut ! elle est déjà loin.

Syssoïko crut tout à coup entendre un gémissement sortir de la fosse ; il voulut s'enfuir, mais il butta contre une souche d'arbre et tomba.

— Quelle peur as-tu eue ?

— Elle gémit ! elle geint ! cria Syssoïko tout blanc de frayeur.

Pila eut peur et bégaya :

— Qui est-ce qui gémit !...

Il entendit à son tour un hurlement et un coup dans la paroi du cercueil... Il était si terrifié qu'il ne pût bouger de place. Une plainte sourde, un long gémissement venait de la fosse comblée. Pila s'enfuit et cria à Syssoïko : « Malheur ! » Celui-ci, toujours étendu à la même place sans oser bouger, était plus mort que vif. Son camarade, déjà remis de sa frayeur, serrait les poings et gronda :

— Viens seulement vers moi gémir... tu verras ! Je t'en donnerai...

Syssoïko se remit à courir ; une fois près de Pila, il lui cria :

— Malheur, malheur ! elle gémit !

Il croyait encore entendre cette plainte prolongée qui le saisissait de crainte.

— Qui gémit ? fit Pila.

— Aproska !

— Tais-toi, tu ne connais pas la puissance noire (le diable).

— Je te dis que c'est Aproska qui gémit !

— Mais non ! Aproska s'est envolée...

Maintenant la curiosité les prenait : ils auraient bien voulu savoir qui gémissait, mais ils n'osaient pas ; la peur les tenait ; ils se sentaient trop secoués. Ils s'enfuirent droit devant eux. Derrière la haie du cimetière, Pila dit à Syssoïko :

— C'est le diable ; viens avec moi, nous irons regarder.

Son camarade refusa.

Ils retournèrent vers Matriona, qui s'effraya fort ainsi que ses enfants. Les paysans ne voulurent pas les croire, ils se rendirent au cimetière, mais, n'entendant rien, ils injurièrent Pila.

(L'objet de l'affection des deux Podlipovtsiens avait été enterré vif. Il aurait été intéressant de savoir ce qui serait arrivé si Aproska s'était réveillée de sa léthargie au moment où son père ficelait son cercueil. Ils se seraient enfuis ou peut-être même l'auraient tuée.)

VIII

Pila et Syssoïko souffrirent encore plus de la perte d'Aproska, une fois qu'ils l'eurent enterrée. Ils allaient à demi abrutis, comme assommés. Ils l'avaient tous deux beaucoup aimée, et l'idée de ne l'avoir plus avec eux les hébétait.

— Pila, fends-moi la tête avec ta hache.

— Non ! c'est toi qui dois me la fendre, je souffre trop.

Ils pensèrent tous deux à la mort, mais ils trouvèrent que c'était terrible de mourir ; ils préférèrent vivre.

— Partons, Syssoïko !

— Où ?... Au diable ?...

— Non ! nous irons haler les barques.

— Tue-moi !

— On devient riche là-bas. Il y fait bien meilleur qu'à Podlipnaïa ! Nous mourrons au hameau, maintenant qu'Aproska n'est plus là.

Pila se mit à pleurer.

Syssoïko l'injuria, ce qui le soulagea. Tout ce qui lui pesait, cette douleur qu'il ne comprenait pas, se fondit en insultes.

— Allons, frère !

— Eh, Pila !

Leur douleur était sans bornes ; ils ne pouvaient que s'appeler l'un l'autre, incapables de manifester leur souffrance par des mots. Le monde était vide pour eux, écrasant, insupportable. Ils n'avaient aucune consolation en perspective.

— Partons, Pila, et conduis-nous. Je ne retourne pas à Podlipnaïa.

— Oui ! viens avec moi, ne me quitte pas ; si tu meurs, je serai trop malheureux, je mourrai.

— Moi aussi.

Ils passèrent la nuit chez un paysan, mais ils ne fermèrent pas l'œil. Vers le matin seulement, ils s'assoupirent et eurent un affreux cauchemar : ils voyaient Aproska étendue dans sa bière, la vieille l'avait mordue et rongée ; de temps à autre, elle poussait un gémissement.

De grand matin, après avoir dormi deux heures, ils réveillèrent Matriona et les enfants, et partirent pour la ville.

IX

Tant qu'Aproska avait été vivante, Matriona ne s'en était jamais trop inquiétée ; quand elle pensait que sa fille pouvait mourir, elle ne se sentait nullement frémir, au contraire, ce serait une bouche de moins. Elle l'aimait à sa manière, parce que c'était une fille qui l'égayait plus que ses garçons. Mais quand elle fut morte, elle la regretta, sans se rendre compte de ce qu'elle regrettait. Elle pleurait de ne plus voir sa fille, de ne plus lui parler. Elle ne savait que répéter :

— Aproska est morte ! Pourquoi est-elle morte ? Ma petite baie dorée, si je t'avais encore, comme je te choierais !

Ces paroles, Matriona les avait entendues d'autres femmes, qui pleuraient sincèrement leurs défunts. Matriona, incapable de trouver elle-même des mots exprimant sa douleur, les répétait en perroquet. Elle n'avait jamais pensé que sa fille pût vraiment mourir ; elle ne croyait pas non plus qu'elle dût un jour devenir froide et immobile comme sa fille, elle ne pouvait comprendre pourquoi on mourait et pourquoi on enterrait les défunts. Quand elle se fâchait, elle disait qu'elle voudrait mourir, mais cela ne tirait pas à conséquence ; que quelqu'un lui dit d'un ton sérieux : « Et toi aussi, Matriona, tu crèveras ! » elle lui aurait craché à la figure avec forces invectives.

Elle ne désirait pas retourner à Podlipnaïa, aussi quand Pila lui parla d'aller *bourlaquer* (haler les barques), fut-elle tout de suite décidée.

C'est ainsi que Pila, Matriona, leurs enfants et leur ami Syssoïko s'en allèrent à la recherche de la fortune.

X

Nos Podlipovtsiens arrivèrent en ville vers quatre heures du soir. Ils se rendirent immédiatement chez Térentytch, le cabaretier que connaissait Pila. Comme le paysan lui avait souvent rendu des services, il leur permit de coucher chez lui. Pila enferma son cheval et celui de Syssoïko dans l'étable de l'auberge, où il n'y avait qu'un seul cheval. Comme il n'avait pas de foin avec lui, il en prit sous le hangar et vola un picotin d'avoine qu'il donna à ses bêtes. Ils entrèrent tous alors dans la chaumière, où se trouvaient plus de vingt paysans Permiens, Tchéremisses et Votiaks. Les uns — la bonne moitié — étaient couchés sur le poêle, dans la soupente ou sur des bancs rangés le long du mur, tandis que les autres, assis auprès d'une grande table, dévoraient une soupe aux choux aigre. La nuit tombait déjà, et pourtant on n'avait pas allumé de lampe.

— Que Dieu vous soit en aide, dit Pila en entrant.

— Merci ! d'où es-tu ?

— De Podlipnaïa, arrondissement de Tcherdyne.

— Tu es un sorcier, alors ?

— Parbleu !

Pila, en entendant cela, se dit qu'il devait jouer un tour à ces paysans.

— Vous êtes nombreux. Venez-vous tous pour *bourlaquer* ?

— Oui.

— Et cette femme aussi ?

— Cette femme aussi.

— Mais on ne les prend pas sur les barques.

— On la prendra... Elle jette des sorts.

Les paysans écarquillèrent les yeux et regardèrent Matriona avec un effroi respectueux.

— Ne le croyez pas, c'est un menteur, gronda celle-ci. Craignez-le comme la peste : il a tué Aproska.

— Malheur à nous ! murmura-t-on autour d'eux.

Pila n'approcha de la table et dit à un paysan : — Tu t'empiffres trop, tu seras malade !

Le paysan se hâta de faire disparaître le reste de la miche dans l'une de ses poches ; quatre de ses camarades se levèrent et quittèrent la table pour faire place au Podlipovtsien.

— Quelle vilaine bête ! il ne nous laisse pas seulement manger à notre faim, dit l'un deux.

— Donne-lui un pétard sur la tête !

— Allons-y avec une hache !

Pendant qu'ils bougonnaient ainsi dans un coin, Pila dit à Syssoïko et à sa famille : « Asseyez-vous ! » et se mit en devoir de manger le pain qui était resté sur la table ainsi que les écuelles presque pleines de soupe aux choux aigre.

Les paysans eurent peur d'interrompre leur repas : ils avaient toujours entendu dire que les gens de Tcherdyne étaient sorciers, presque des diables, une espèce particulière enfin. Ils se figuraient qu'ils pouvaient avoir figure humaine ou se rendre invisibles suivant leur désir, courir dans la peau d'un ours, voler sous la forme de pies, etc. Tous les paysans étaient sur le qui-vive ; ceux qui reposaient sur le poêle regardaient fixement les Podlipovtsiens, tandis que ceux dont le repas avait été interrompu s'écartaient d'eux avec une sorte de respect.

Ils s'attendaient à quelque merveille.

Pila et sa famille avaient presque vidé les écuelles de soupe, quand la cabaretière s'en aperçut ; elle les leur enleva de dessous le nez en disant :

— Vous devriez payer d'abord votre dépense, puis manger.

— Je te paierai tout ce que je mangerai, répondit Pila d'un air important.

— Il y a longtemps que tu viens chez nous, mais je n'ai pas encore vu la couleur de ton argent.

— Vraiment ?... Eh bien, regarde dans ton écuelle, si tu n'es pas aveugle ?

La cabaretière se pencha et vit une souris morte.[1]

— Quelle saleté ! s'écria-t-elle indignée.

Elle voulut sauver le pain des atteintes de Pila, mais celui-ci prétendit voir la patte d'un animal impur sortir de la miche. La cabaretière eut un frisson d'horreur et fit un pas en arrière, pendant que les Podlipovtsiens bâfraient tranquillement son pain.

— Allons-nous-en ! firent quelques paysans tout épeurés.

— Non ! restons ! nous verrons ce qu'ils feront, dirent d'autres plus courageux.

Pourtant, le plus grand nombre quitta la chaumière.

La cabaretière avait toujours eu peur de Pila, qu'elle tenait pour sorcier ; elle aurait bien voulu appeler son mari, mais elle pensa à se concilier les bonnes grâces de Pila.

— Sais-tu jeter les sorts ?

— Oui ! pourquoi ?

— Je te voudrais beaucoup de bien si tu en jettes un à la Terentycha, qui nous empêche de bien faire nos affaires.

— As-tu de l'argent pour me payer ?

— Non ! mais je te nourrirai aussi longtemps que tu voudras.

— Bon !

Les Podlipovtsiens mangèrent autant de soupe qu'ils désirèrent ; ils dévorèrent en outre une grosse miche de dix livres.

— Eh bien, Syssoïko, es-tu content ? demanda Pila à son camarade.

— Oui ! s'il y avait encore...

— Je n'ai pas une miette de pain à la maison, se hâta de dire la cabaretière, qui se repentait déjà de sa promesse.

— Allons, dormeurs !

Et Pila commença à grimper sur la soupente.

— Ne monte pas ou je te fous bas, lui cria un paysan.

— Ah, c'est comme ça ! Tu as un sort sur la gueule, lui répondit le Podlipovtsien d'un ton goguenard.

Le paysan, effrayé, sauta à bas du poêle, ainsi que tous ses camarades. Les Podlipovtsiens purent alors se coucher au chaud et s'al-

---

[1] La souris est un animal immonde pour les Russes

longèrent pour dormir, sans se déshabiller, comme font du reste tous les paysans russes.[1]

— Dis donc, Pila, si tu es sorcier, pourquoi as-tu laissé mourir Aproska ? s'écria brusquement Syssoïko.

Le paysan ne jugea pas nécessaire de répondre et s'adressant à un Permien qui racontait qu'ils avaient dans leur village une sorcière qui disparaissait dans la cheminée :

— Tu vois cette femme, eh bien, ce qu'elle fait est merveilleux.

— Vraiment ?

— Ne crois pas ce brigand, ce menteur ! dit Matriona en crachant de mépris.

— Tais-toi ! lui cria Pila, en la poussant dans la soupente, de telle manière que les paysans ne pussent l'apercevoir.

Comme il la menaçait du poing, elle jugea nécessaire de ne pas ouvrir la bouche, quoi qu'il arrivât.

— Tenez, petits frères ! Ma femme a disparu maintenant, elle s'est envolée !

— Je te casse la gueule si tu bouges, chuchota-t-il à l'oreille de sa femme.

Les paysans eurent peur : ils n'osèrent pas grimper sur la soupente pour voir si elle avait vraiment disparu.

— Qui est cette femme ?

— Je n'en sais rien. C'est une sorcière qui s'est assise dans mon traîneau : je l'ai battue, mais je n'ai pas pu m'en débarrasser.

— Où s'est-elle envolée ? demanda la cabaretière. Dans le corps de Térentycha, peut-être ?

— Parfaitement.

Les Podlipovtsiens s'endormirent : il faisait si bon, si doux, sur cette soupente, qu'ils auraient voulu y rester toute leur vie. Vers le matin, les paysans qui étaient couchés sur le poêle, en bas, allumèrent un copeau et grimpèrent regarder nos Podlipovtsiens. Pila était à côté de Matriona.

— Tiens ; la voilà, la sorcière qui s'était envolée.

---

1 Ils ne se déshabillent que pour aller, le samedi, au bain de vapeur. Ce serait une grosse erreur de croire que les paysans russes sont sales : ils ont, au contraire, des règles d'hygiène bien supérieures à celles des ouvriers français. *(Note du trad.)*.

— Tape dessus !

— Tape toi-même !

Pila entr'ouvrit un œil : les paysans eurent peur et sautèrent à bas du poêle. Nos gaillards prirent bien vite la porte, abandonnant ainsi la place.

Les Podlipovtsiens auraient dormi toute la journée, si le cabaretier n'était venu les avertir qu'un de leurs chevaux manquait. Pila et Syssoïko ne firent qu'un bond jusqu'au hangar : le traîneau de Pila avait disparu, ainsi que son cheval et deux haches.

Le paysan invectiva le cabaretier, qui l'invectiva à son tour. Il leur expliqua que ce n'était pas lui qui avait volé leur cheval, mais bien les paysans qui se trouvaient hier dans son auberge. Les deux Podlipovtsiens se mirent à courir par la ville, cherchant à retrouver leur bête, mais une ville n'est pas un hameau, on a plus vite fait de s'égarer que de trouver ce qu'on cherche. Pila essaya bien de visiter les cours avoisinantes de l'auberge, mais partout on le chassa avec des injures.

Il resta très perplexe au milieu de la rue : il ne fallait plus penser à retrouver sa bête. Oh ! s'il avait été vraiment sorcier, on ne l'aurait pas volé. Son chagrin était grand, parce que le cheval est le compagnon du paysan russe. Sans lui, il ne saurait travailler. Pila jura :

— Brigands de voleurs ! S'ils avaient pu seulement crever !

Il jura et pesta longtemps, il jura contre Syssoïko, contre Matriona, contre Aproska, qui n'en pouvait mais. Cela ne l'aida pas pourtant à retrouver son cheval.

Il rencontra les paysans qui avaient soupé dans le même cabaret que lui :

— Tiens, voilà le sorcier, firent-ils.

— C'est vous qui m'avez volé mon cheval, leur cria le Podlipovtsien.

Les paysans éclatèrent de rire. Pila, furieux, se jeta sur eux comme un enragé : dans sa colère, il en renversa un dans la neige, asséna un coup de poing au second, et fendit le nez au troisième.

— Tenez, pendards, puisque ça vous semble drôle qu'on m'ait volé mon cheval.

Il retourna au cabaret, jurant et sacrant, et trouva là six paysans qui lui conseillèrent de vendre le cheval de Syssoïko.

— Si tu veux aller *bourlaquer*, tu n'as pas besoin de rosse, vends-là plutôt !

Pila leur tourna le dos. Ils engagèrent alors Syssoïko à se séparer de sa bête :

— Une fichue rosse que tu as là, mon pauvre garçon, elle n'a que la peau et les os, vends-la avant qu'elle ne crève.

— Si vous aimez tant que ça vendre les chevaux, vendez les vôtres, murmura Pila.

— Nous en avions, mais nous nous en sommes débarrassés.

— Fichez-moi la paix.

— Tu verras qu'on te le volera, si tu ne le vends pas.

Pila se souvint qu'ils n'avaient pas d'argent pour se nourrir :

— Combien m'en donnes-tu ?

— Trois roubles.

Le Podlipovtsien ne savait compter que jusqu'à cinq :

— Donne-m'en cinq roubles.

Il croyait que c'était une fortune.

— Je ne veux pas vendre mon cheval, dit Syssoïko.

— Bête que tu es ! il ne vaut rien, c'est une sale rosse. Tu seras trop heureux de t'en défaire, lui souffla Pila.

Syssoïko consentit enfin à la transaction qu'on lui offrait.

L'acheteur de leur cheval leur paya deux roubles et les emmena dans un cabaret.

— Qu'as-tu fait de ta femme, cria à Pila un des buveurs.

— Je me fiche pas mal de ma femme, on m'a volé mon cheval.

— Ne disais-tu pas que tu étais sorcier ? Comment a-t-on pu te voler ?

— Ne me parle pas, ou je te casse la gueule !

Les deux Podlipovtsiens et le nouveau propriétaire du cheval s'assirent et entamèrent une bouteille d'eau-de-vie que le dernier avait commandée. Comme Syssoïko n'avait jamais bu d'eau-de-vie, un verre lui cassa les jambes. D'autres paysans vinrent encore dans le cabaret faire ribote. Pila, très ivre, dépensa encore un rouble en eau-de-vie. Tout ce monde hurla, gueula, dansa, sauta jusqu'à la nuit noire. On les mit alors dehors.

Syssoïko croyait que le métier de *bourlaki* (haleur) consistait à boire de l'eau-de-vie et à sauter.

— C'est fameux, fameux ! répétait-il en titubant en avant et en arrière.

Pila, ivre aussi, mais plus solide, le soutenait.

— Oui, il fait bon bourlaquer sur les rivières immenses ! On vogue loin, bien loin d'ici... On va d'abord à Solikasmk, une ville..., puis à Oussolié, une autre ville, puis à Diédouhino...

— Farceur !

— Vrai ! c'est là qu'on voit la Tchoussovaïa ; on rencontre ensuite notre petite mère, la Kama, qui est une grande rivière. On arrive enfin à la Volga, la mère des fleuves russes, qui vient du ciel et qui n'a pas de fin...

— Il nous faut aller là-bas, Syssoïko ! hein, veux-tu. Si je ne t'avais pas pris avec moi, tu ne t'amuserais pas comme ça !

Pila et Syssoïko restèrent en arrière des autres paysans, car leur cervelle n'était guère en bon état. Leurs jambes s'accrochaient l'une à l'autre ; comme ils étaient fatigués, ils réfléchirent qu'ils feraient bien de dormir.

Pour la première fois ils oublièrent les chagrins de la vie et s'allongèrent crânement au milieu de la route.

....

Le lendemain, en revanche, ils se réveillèrent dans une chambre sale, froide et mal aérée, au milieu de toutes sortes de gens à l'air rébarbatif.

La police, toujours bienfaisante et compatissante, avait eu pitié des Podlipovtsiens dormant au milieu de la route, et les avait portés au *violon*.

XI

Pila et Syssoïko ne pouvaient absolument pas comprendre où ils se trouvaient et qui étaient leurs camarades actuels.

Quand leur ivresse se fut tout à fait dissipée, ils se souvinrent d'être allés au cabaret, de s'y être enivrés, mais ils ne savaient nullement de quelle manière ils avaient été transportés dans cette salle sombre. Ils eurent même peur d'être trépassés : c'est ainsi qu'ils se figuraient le purgatoire. Pila s'approcha de la porte, qu'il trouva fermée. Les gens qui l'entouraient pensèrent crever de rire, quand Pila leur demanda s'ils passeraient bientôt en paradis. Ils se moquèrent de lui ; Pila, déconcerté, les injuria[1] et se coucha de nouveau sur le sol à côté de Syssoïko.

— On doit vivre fameusement ici, on peut dormir tant qu'on veut, et puis tous ces gens ont l'air agréables, ils ont des yeux malins !

Les deux Podlipovtsiens se rendormirent, mais leur repos ne dura pas longtemps : un commissaire, accompagné de cosaques, arriva brusquement et les fit relever à coups de pied. Pila et Syssoïko furent debout d'un saut, tant ils eurent peur.

— Qui êtes-vous ? leur cria le policier d'un ton bourru.

— Connais-tu Podlipnaïa ? répondit Pila.

— Quoi ?!!

— Ne crie pas si fort, va ! tu nous as effrayés !

Les deux paysans se dirigèrent du côté de la porte.

Le commissaire, hors de lui du sans-gêne de Pila, le frappa à la figure. Celui-ci riposta et tapa sur le policier.

— En prison, la canaille ! Qu'on lui mette les fers ! hurla le commissaire d'un ton féroce.

— Si tu crois m'effrayer, vieille bête ! tu ne sais pas que j'ai tué huit ours.

Les soldats voulurent se saisir de Pila et de Syssoïko, mais le premier asséna un coup de poing en plein dans les yeux d'un cosaque ; le sang jaillit. Syssoïko en mordit au bras un autre qui voulait lui lier les mains. On parvint enfin à mettre les Podlipovtsiens dehors à coups de crosse dans les reins ; de là, on les conduisit au cachot.

Nos héros n'avaient aucune idée de la police dans les villes ; ils ne savaient pas non plus à quoi servaient les prisons.

Quand ils se virent emmenés par une escorte de soldats armés, ils crurent qu'on allait les tuer à coups de fusil.

— Dis donc, honorable ! fit Pila à un vieux soldat, où nous mènes-tu ?

---

1 Qu'on ne s'étonne pas de voir Pila injurier les détenus sans les connaître, puis les vanter comme une agréable société à Syssoïko. L'injure pour le paysan russe n'est guère qu'une apostrophe amicale, ne tirant nullement à conséquence. *(Note du trad.)*

— En prison, gueusaille !

— Qu'est-ce que c'est, une prison ?

— Tu le sauras assez, si tu n'y a jamais été. Voleurs que vous êtes !

— Essaie de m'injurier, et tu verras !

— Silence ! on voit bien que tu es un fripon.

— Si tu continues, je te fous bas !

Pila essaya de dégager ses mains, mais elles étaient solidement attachées derrière son dos avec des cordelettes. Il sentit l'inutilité de ses efforts, et tenta alors de s'enfuir.

Syssoïko suivit son exemple.

— Où allez-vous ? leur crièrent les soldats.

Au lieu de s'arrêter, ils coururent à toutes jambes, mais les soldats les rattrapèrent et les rossèrent.

Pila et Syssoïko étaient prêts à se chamailler. Le second reprocha au premier de l'avoir entraîné et lui cracha au visage.

— Hé ! démons que vous êtes ! restez tranquilles, fit un vétéran.

Pila lui cracha à la figure.

Le soldat le rossa de nouveau.

Ils arrivèrent enfin dans le bâtiment où se trouvait le cachot. On les confia à l'officier de garde, qui les fit entrer dans une salle plus sombre, plus humide, plus froide et plus dégoûtante que la première. L'air était suffoquant et chargé de vapeurs méphitiques.

Une fois en cage, on leur délia les mains. Ils restèrent seuls.

— Sale bête, c'est par ta faute que nous sommes ici ! dit Pila.

— Non ! par la tienne, chien poilu !

— Tffou ! et Pila cracha de nouveau sur la face de Syssoïko, qui lui en rendit autant.

Ils commencèrent à se battre.

Le rire homérique de trente détenus, enchaînés ou couchés sur leurs lits de camp, les firent se retourner : leurs nouveaux camarades les séparèrent.

— Restez donc tranquilles !

— Ça vous regarde-t-il ? J'ai tué huit ours, fit Pila d'un ton glorieux. Et toi, qu'as-tu fait ?

— J'ai mis bas un homme.

— Viens un peu ici, chien, tu verras de quel bois je me chauffe !

Et Pila saisit le premier pot qui lui tomba sous la main : il le fit tournoyer autour de sa tête, prêt à le lancer, mais on le poussa et un liquide puant et infect se répandit sur sa souquenille.

Les détenus éclatèrent de rire, Syssoïko aussi.

Pila, hors de lui, se jeta sur le premier venu pour le battre, mais il fut rossé bien que son ami fût venu à la rescousse.

Le paysan voulut alors sortir, mais il trouva la porte fermée ; il allongea alors de grands coups de pied dans les ais, qui craquèrent. Une voix se fit entendre derrière la porte :

— Qu'as-tu à taper, racaille ? Reste tranquille, sans quoi...

— ... Je te rosserai, hurla Pila qui continua à allonger à la porte des coups de pied, tandis que Syssoïko battait un roulement formidable avec un manche à balai.

Les détenus crièrent bravo.

— Fais bien attention, Syssoïko. Quand on ouvrira la porte, nous sauterons dehors, sans quoi on nous mangera ici. Regarde un peu quels vilains museaux ont tous ces gens !...

Syssoïko prit à deux mains les pans de la pelisse de Pila, qui continuait à battre la porte. Brusquement, on tira le verrou, la porte s'ouvrit. Pila et Syssoïko sautèrent dehors, mais on les rattrapa. Le surveillant de la prison les fit fustiger, puis jeter dans un cachot sombre, encore plus hideux que les salles de police où ils avaient passé.

Les deux Podlipovtsiens étaient fous de douleur et de rage. Comme ils avaient les mains attachées derrière le dos, ils devaient rester couchés sur le ventre, car ils ne pouvaient se retourner, tant on les avait assommés de coups.

— Syssoïko, je souffre ! gémit Pila.

— Pila, j'ai mal !

— Nous mourrons certainement.

Le paysan jura, son camarade aussi : ils sacrèrent horriblement, en mordant de rage la natte sur laquelle ils étaient étendus.

XII

On conduisit les Podlipovtsiens au poste de police. Pila et Syssoïko marchaient silencieux ; les coups qu'ils avaient reçus leur faisaient si mal qu'ils pouvaient à peine avancer ; le sang coulait de leurs blessures.

— On nous a rudement battus, dit plaintivement Pila à Syssoïko.

— Oui... si tu voyais quels yeux tu as !... Tu as le nez tout écorché.

Tout souffrants qu'ils fussent, les uniformes des soldats les intéressèrent comme des enfants ; les fusils aussi.

— Dis donc, qu'ont-ils là, au bout de leur fusil ? Ça ressemble à un couteau et ça n'en est pas un.

— Demande-le leur.

— Non ! demande toi-même.

— J'ai peur... ils me battront encore...

Pila se hasarda pourtant à demander à un soldat ce qu'il avait au bout de son fusil.

— Une baïonnette. Quant à ça, c'est un fusil.

— Si tu crois que nous ne savons pas ce que c'est qu'un fusil, tu te trompes ! J'ai tué huit ours, moi !

— Ça n'empêchera pas la peau de vous cuire quand vous recevrez le *gruau* (les verges). On va vous écorcher, gare !

— Pourquoi ?

— Ne fais pas le malin. Si tu crois qu'on peut assassiner les gens comme ça !

Pila et Syssoïko jugèrent prudents de se taire. Le maître de police et un juge d'instruction les attendaient dans une salle dans laquelle on fit d'abord entrer Pila.

Le juge d'instruction eut pitié du pauvre Podlipovtsien, hâve et abîmé de coups, bien qu'on l'eût averti que deux criminels importants s'étaient enfuis du corps de garde et n'avaient été repincés qu'à grand'peine. Le rapport de l'officier disait qu'ils avaient été trouvés ivres morts dans la rue et qu'on les avait conduits au corps de garde, où ils avaient voulu se révolter.

— Qui es-tu ? demanda le juge d'instruction à Pila.

Celui-ci se jeta à ses pieds :

— Petit père, sois miséricordieux ; ne me perds pas... On m'a pris ma vache... on m'a volé mon cheval... Aproska est morte... On m'a battu... Je mourrai bientôt.

Le maître de police sourit :

— Il fait la bête !

Le juge d'instruction ordonna au Podlipovtsien de se lever et lui fit détacher les mains.

— Dis-moi d'où tu es[1] ?

— De Tcherdyne.

— Tu es un paysan ?

— Oui, seigneur.

— De quel village ?

— Du hameau de Podlipnaïa, commune de Tchoudyne.

— Que fais-tu ?

— Que ferais-je ? Quand nous n'avons pas de pain, nous mangeons de l'écorce. Les petits frères de Syssoïko sont morts ; quand il a fallu les enterrer, on m'a pris ma vache... Aproska est morte, la mère de Syssoïko aussi ; alors nous sommes partis pour *bourlaquer*... Laisse-nous partir.

— Comment t'appelle-t-on ?

— Moi ?... Pila.

— Et ton nom patronymique ?

— Je n'en ai qu'un : Pila. Tout le monde m'appelle ainsi, le pope, Térentytch de l'auberge.

— Pourquoi t'es-tu battu ?

— Où donc ?

— Au corps de garde, quand le surveillant t'a interrogé.

— Il ne m'a pas interrogé, il m'a poussé avec le pied, je l'ai insulté, il m'a fait fouetter... J'ai tué huit ours, petit père, aussi je ne me laisse pas marcher sur le pied. Le chien ! il m'a mis des chaînettes.

— Ne jure pas ; raconte ton histoire.

— Ils m'ont battu et puis fouetté.

Pila avait les larmes aux yeux.

— Je crois qu'il est innocent, dit le juge d'instruction au maître de police, qui persista à croire qu'il faisait la bête.

---

1 Comparez ce dialogue avec celui d'un maître de police et des vagabonds dans les *Souvenirs de la Maison des Morts*, de Dostoïevski.

On appela le surveillant (dont les fonctions sont celles d'un commissaire de quartier). Quand celui-ci entra, Pila voulut se jeter sur lui.

— Viens-y maintenant, sale bête.

— Tais-toi, dit durement le maître de police.

Pila devint souple comme du velours.

— Est-ce vous qui avez amené cet homme au corps de garde ? demanda le juge d'instruction à l'officier de police.

— Ce sont les cosaques.

— Il dit que vous l'avez battu.

— Il ment, la canaille, il était ivre mort. Quand je l'ai réveillé, il m'a injurié ; je leur ai demandé leurs noms, ils me sont alors tombés dessus... Je leur ai fait mettre les menottes et les ai fait conduire en prison, sans quoi ils nous auraient tous assassinés.

— Je t'éreinterai comme tu m'as éreinté ; attends. C'est toi qui as commencé, canaille ; tu m'as donné un coup de pied.

— Vous l'entendez ? fit le surveillant, rouge de colère.

— C'est peut-être un évadé.[1]

— As-tu un passeport ? demanda le juge d'instruction à Pila, qui ne comprit pas ce qu'on lui demandait.

Le fonctionnaire répéta sa question :

— As-tu reçu un passeport de l'administration de ton district ?

Pila restait bouche béante.

— T'a-t-on donné un papier comme celui-ci ?

Et le juge montra au paysan un passeport posé sur la table.

— Non !... C'est joli, ça, dit le Podlipovtsien, que l'aigle à deux têtes intéressa. Donne-le moi. Quel drôle d'oiseau ; il a deux têtes.

— As-tu une quittance d'impôts ?

Pila comprit encore moins cette question-là que l'autre.

— Tu es drôle, toi. Je ne paie rien, parce que je n'ai rien. Je prends tout ce qu'on veut bien me donner. Sais-tu ! donne-moi du pain, car j'ai avec moi Syssoïko, qui mourra bientôt ; quant à Matriona et aux enfants, ils sont déjà crevés, pour sûr.

— Si tu n'as rien, comment as-tu pu t'enivrer ?

---

1 De Sibérie.

— J'ai vendu le cheval de Syssoïko à un paysan qui nous a menés au cabaret... nous avons bu : j'avais reçu deux roubles pour mon cheval. Mais, quand on m'a battu, je n'ai plus retrouvé un sou dans ma poche.

Le juge plaisait évidemment à Pila, car il s'était mis à l'aise et lui parlait à cœur ouvert. Ce dernier, qui était un jeune homme, que le métier n'avait pas encore endurci, eut pitié de ce pauvre diable de paysan :

— Quel âge as-tu[1] ?

— Parbleu ? L'été est bientôt là... C'est fameux l'été !

— Ne sais-tu donc pas l'âge que tu as.

— Farceur ! Je mourrai, s'il le faut, mais je ne puis pas le dire... Voilà ! Aproska est morte... Quelle fille ! quelle fille !

— Était-elle ta parente ?

— Puisque Matriona l'a accouchée : c'est ma propre fille.

Le juge d'instruction savait d'expérience que les paysans tombaient souvent dans les pattes de la police pour des bagatelles qui, souvent, les conduisaient en Sibérie.

— Si tout ce que tu m'as dit est vrai, je te ferai mettre en liberté, dit-il à Pila, qui se jeta à ses pieds, en disant :

— Petit père, relâche-moi tout de suite ! Que ferai-je sans Syssoïko et mes enfants ?

On le conduisit hors de la salle et on fit entrer Syssoïko, qui se montra encore plus bête que Pila, mais confirma les paroles de son camarade.

Matriona et ses enfants vinrent ensuite s'expliquer tant bien que mal ; le patron de l'auberge déclara enfin connaître Pila depuis plusieurs années. Les prévenus du corps de garde, interrogés, déclarèrent que l'officier de police avait battu Pila, parce qu'il était ivre ce jour-là. Les deux Podlipovtsiens furent incarcérés dans un nouveau corps de garde, en attendant que le maître de police de Tcherdine répondît que Pila et Syssoïko étaient bien de Podlipnaïa et leur eût délivré un passeport.

---

1 Cette question se pose, en russe, de la façon suivante :
— Combien d'étés as-tu ?
On comprend aisément la confusion que fait Pila.

XIII

Pila et Syssoïko restèrent environ un mois au corps de garde, enfermés dans une petite chambre que l'on appelait « la cage » où la vermine et les punaises pullulaient ; ces insectes pouvaient se rassasier du sang des habitants de la chambre, qui variaient de cinq à dix. On enfermait là surtout des ivrognes, trouvés étendus la nuit dans les rues, les gens arrêtés sous prévention de vol ou quelque autre méfait ; ils y passaient quelques semaines, au bout desquelles on les incarcérait en prison ou bien on les mettait en liberté !

Si gaie que parût la compagnie de ces gens à Pila et à Syssoïko, elle ne leur plaisait pourtant pas trop ; ils comprenaient bien qu'on n'enfermait là que de méchantes gens. Aussi, malgré le pain de munition, dont ils mangeaient leur soûl, en vinrent-ils bientôt à détester la cage et les habitants, et à s'injurier continuellement avec ces derniers. Le premier acte de bravoure de Pila fut de chasser d'un banc[1] les deux femmes qui l'occupaient. Comme il n'y en avait que deux et que ceux qui n'avaient pu s'emparer d'un étaient forcés de coucher sur le plancher, Pila résolut de faire quitter à ces deux femmes le banc qu'il convoitait. Comme il avait appris qu'elles étaient accusées de vol, elles ne lui plurent pas. Un jour que le juge d'instruction leur faisait subir un interrogatoire, il prit leur place avec Syssoïko. Cet acte d'arbitraire excita l'indignation des autres prévenus, mais Pila ne s'en émut pas le moins du monde.

Les femmes rentrèrent ; quand elles virent qu'il ne leur restait pas d'autre couche que le sol battu, elles poussèrent Pila et Syssoïko, qui ronflaient comme des tuyaux d'orgue. Elles eurent beau les tirer, ils persistèrent à feindre le sommeil ; une des femmes se fâcha si fort qu'elle allongea un coup de pied à Pila.

— As-tu fini ? chienne ! lui dit Pila en ouvrant un œil et en la poussant si fort qu'elle tomba.

— Rends-nous notre place !

— Viens-y voir si j'y suis ! Tu es trop pressée !

Tous les prévenus pouffèrent de rire.

— Allons, tirez-vous que nous puissions nous asseoir, démons ! dirent les deux femmes.

---

1 On sait que les paysans russes, peu connaisseurs en matière de confort, dorment sur des bancs et non sur des lits. *(Note du trad.)*.

Voyant que par la force elles n'arriveraient à rien, elles commencèrent à caresser Pila.

— Comme tu es joli !

— Je t'en donnerai du « joli ! » Tu vas trop vite en besogne.

L'une d'elles embrassa Syssoïko, qui la frappa de nouveau.

— Fiche-moi la paix, je t'ai dit de ne pas me toucher. Je ne veux pas coucher avec toi. J'avais Aproska à moi ; toi je ne te connais pas...

....

Les Podlipovtsiens étaient chargés d'allumer les poêles des bureaux et de la maison du maître de police ; ils passaient parfois des journées entières dans les cuisines où ils attrapaient toujours un bon morceau, comme du lard, de la soupe ou du gruau. Ils voyaient tous les jours Matriona et les enfants, qui avaient trouvé à se loger chez une vieille mendiante, à qui elle payait 15 kopecks par mois ; elle vivait d'aumônes.

Depuis leurs misères, les deux Podlipovtsiens craignaient les cosaques et les soldats qui avaient pour eux des égards, car ils connaissaient leur position. Ils s'amusaient souvent à les exciter l'un contre l'autre jusqu'à ce qu'ils se battissent ; ils eurent pourtant la bonne chance de trouver un soldat qui les dissuada de toujours s'injurier et se quereller, car ils en pâtiraient : il leur enseigna aussi à avoir du respect pour l'autorité, leur dit comment il fallait s'adresser à plus haut que soi. Pila et Syssoïko apprirent ainsi que leur pope et le stanovoï, qu'ils craignaient tant, n'étaient que de tous petits personnages, et qu'ils avaient au-dessus d'eux l'ispravnick, le maître de police du district, les juges, etc., qui avaient eux-mêmes des supérieurs qui vivaient dans le chef-lieu du département, et que tout ce monde-là avait des chefs à Pétersbourg, que tout le monde craignait. Les Podlipovtsiens l'écoutèrent sans le croire : ils ne voulurent pas non plus admettre qu'il y eût des villes plus grandes que celle où ils se trouvaient.

Grâce à leur séjour en prison,[1] Pila et Syssoïko en apprirent plus que de toute leur vie ; ils n'ignoraient plus que Podlipnaïa n'était

---

1 L'*instruction* reçue dans les prisons en Russie a une importance indéniable ; les détenus sortent de là sachant lire et écrire et surtout avec une certaine connaissance du code civil qui les fait traiter d'avocats par le peuple. La défense des affaires criminelles appartenant à chacun, les anciens détenus en profitent. *(Note du trad.)*

qu'un trou et qu'il y avait des villes qui valaient cent fois mieux, que ces villes étaient habitées par des gens riches qui faisaient tout ce qu'ils voulaient, non par la force, mais à cause de leur argent.

Cet inconnu tentant les attirait, autant que leur hameau les dégoûtait, aussi décidèrent-ils de continuer leur route et d'aller *bourlaquer*.

Quand on les mit en liberté, ils furent très contents et ils se mirent à mendier. Avec la monnaie qu'ils reçurent, ils achetèrent deux paires de sandales et se joignirent à quatre paysans du district de Tcherdyne, qui allaient *bourlaquer* pour la troisième fois.

XIV

Les Podlipovtsiens étaient pauvrement et froidement vêtus, tandis que leurs camarades avaient des pelisses de mouton déchirées en maints endroits, il est vrai, et rapiécées avec du ligneul ou du gros fil retors, mais qui les tenaient au chaud. On entrevoyait sous leurs pelisses des camisoles de gros drap gris aussi reprisées avec des ficelles, leurs mitaines fourrées, tout était usé et rapiécé mille et mille fois. Pila et Syssoïko n'avaient que des pelisses qui leur venaient jusqu'au genou, toutes déchirées et dont les lambeaux lamentables pendaient ; leur chemise de toile bise laissait leur poitrine nue, car ils n'avaient ni crochets ni cordons pour la maintenir ; en fait de ceintures, ils n'avaient que de grosses cordes. Leurs bonnets de peau de veau étaient tout troués, comme du reste leurs culottes bleues, qui laissaient voir leur peau rougie et gercée par le froid. Matriona avait un costume qui différait peu de celui des hommes ; de loin, on l'aurait prise pour un homme, si elle n'avait pas eu une chemise de toile écrue qui lui venait à la cheville et un mauvais petit mouchoir. Elle tenait caché dans sa pelisse le petit Tiounka, âgé de trois ans. Quant à Pavel et à Ivan, ils n'avaient pas de pelisse du tout ; ils portaient une camisole grise sur leur chemise et, en fait de pantalons, avaient les jambes enveloppées de guenilles que des ficelles maintenaient. Chacun des voyageurs portait un bissac contenant du pain et des sandales neuves. Pila avait trouvé sur la route une vieille boîte hors de service qu'il portait triomphalement, car il espérait la vendre quelque part, et puis, il la trouvait belle.

Nos Podlipovtsiens suivent la grande route pleine d'ornières, encombrée de tas de neige dans laquelle ils roulent et qui les fait jurer comme des sacripants. La gelée leur pince la peau, ils ont les genoux et les orteils tout roides. C'est heureux que la route soit bordée de chaque côté par une forêt très haute qui les préserve du vent glacé, auquel, du reste, ils sont passablement habitués. Seuls, les voitures et les traîneaux les mettent de mauvaise humeur car il faut se garer et entrer dans les tas de neige où l'on enfonce.

Pavel et Ivan souffraient le plus du froid, mal habillés comme ils étaient ; pour la première fois de leur vie, ils allaient à pied ; ils avaient toujours voyagé dans le traîneau de leur père. Bien qu'il y fît diablement froid, on ne roulait au moins pas dans la neige, ils se demandaient pourquoi leur père et leur petit frère Syssoïko avaient vendu leur cheval. Il aurait été si facile de voyager sur la route unie, tandis qu'à pied, ils avaient beau marcher, ils n'avançaient guère.

Ils marchèrent ainsi pendant deux heures ; le temps leur semblait long et le froid les brûlait ; leur nez et leurs oreilles étaient déjà tout blancs.

— Je n'irai pas plus loin, père, dit Ivan.

— Je mourrai, fit Pavel.

— Attendez !... je vais vous réchauffer les côtes, fit Pila, qui se retourna pour les battre.

Il eut pourtant pitié des gamins.

— Ça pique ?

— Ma foi, oui.

— Eh bien ! frottez-vous le nez et les oreilles, leur pria un paysan.

Ils se frottèrent vigoureusement les extrémités qui pâtissaient le plus.

— Oh ! ça pique les jambes.

— Cours, saute, cela te réchauffera.

Les enfants se mirent à galoper.

— Il n'aurait pas fallu prendre cette marmaille, dit un paysan.

— Ils auraient crevé au hameau, répondit Pila.

— Justement !

— Fais attention qu'ils ne gèlent pas en route.

— Oh ; ils sont solides.

Comme pour le prouver, il enleva à Pavel ses mitaines ; ce dernier s'empara de celles d'Ivan.

Tiounka était celui qui souffrait le moins. Bien au chaud sur le sein maternel, il poussait des cris de joie ; cependant, quand la pelisse de sa mère s'entr'ouvrait et que le froid le pénétrait, il pleurait. Matriona lui donnait alors des taloches.

Les Podlipovtsiens marchaient presque toujours sans mot dire, ils ressentaient tous une idée vague et lourde, qui était en même temps de l'ennui et de la joie : le passé pesait encore péniblement sur eux, tandis que l'avenir les réjouissait ; ils auraient désiré que la richesse vint plus vite à eux. Ils pensaient au passé, aux misères qu'ils avaient subies : le temps futur au contraire, le halage des barques, se présentait couleur de rose. Combien de voitures chargées de voyageurs enveloppés de chaudes fourrures passèrent devant nos Podlipovtsiens étonnés, qui les saluaient en ôtant leurs bonnets. Ils restaient longtemps à la même place à admirer le tintin des clochettes et à regarder la voiture qui s'éloignait. Les voyageurs emmitouflés ne répondaient pas à leurs saluts ou ne les voyaient même pas. Ils ne savaient pas combien Pila et Syssoïko avaient souffert, ils ignoraient leur vie de privations, de misère, de larmes amères ; ils ne pouvaient pas se douter que ces pauvres gens avaient été forcés par la faim de quitter leur hameau, et que, chassés par la misère, ils allaient à la recherche d'un lieu où ils auraient du pain à manger et où ils seraient libres... Doivent-ils encore marcher pendant longtemps, ils n'en savent rien eux-mêmes ; puisqu'ils sont partis, ils iront devant eux, jusqu'à ce qu'ils trouvent ce qu'ils cherchent ; en tout cas, ils ne reviendront pas sur leurs pas, ils n'ont rien à regretter : ils ont perdu leur vache, leur cheval, Aproska, on les a battus, tourmentés... pourquoi reviendraient-ils dans leur hameau ?

Les compagnons de route des Podlipovtsiens maudissaient aussi leur vie misérable. Pour la troisième fois, ils abandonnaient leur famille pour aller gagner un pain moins dur que celui de leur village ; ils n'étaient guère plus développés que Pila ; la seule supériorité qu'ils eussent sur lui était leur connaissance de la vie des bourlaki ; ils avaient déjà vu du pays. Quelque pénible que soit le halage des barques, cette existence leur semblait préférable à celle qu'ils menaient dans leur village, où l'on crevait toujours de faim. Ils étaient résolus à ne plus revenir au village, mais à passer l'hiver dans les villes : où ils trouveraient toujours quelque occupation. Ils vantèrent pompeusement la vie des bourlaki à nos Podlipovtsiens :

— C'est fameux ! Tout d'abord, on ne fait que ramer, parce qu'il faut descendre la rivière ; on rame jour et nuit, en chemise la plupart du temps, parce qu'on sue beaucoup. On va tout doucement à la dérive ; les barques sont lourdes ; si le vent souffle, on est tamponné et roulé de tous côtés par les barques. L'année dernière, sur la Tchoussovaïa, nous avons eu un malheur ; notre barque a coulé à fond ; il y a eu un gars de noyé ; il nous a fallu alors sortir tout le fer de la barque, puis la retourner sur sa quille... Quand elle a été réparée, nous sommes remontés, et vogue la galère !... Quelle masse de villes nous avons vu... Plus bas, quand la rivière devient très grande, il y a des machines qui courent sur l'eau ; elles ont un tuyau de fer comme un poêle, des roues comme une voiture ; quand elles accrochent derrière elles cinq ou six barques, elles les traînent où elles veulent en un rien de temps. Si on travaille dur, quand on est bourlak, on a du bon pain, tout blanc ; on dit que c'est du pain d'empereur. J'aimerais bien en manger toujours. Il y a encore les pommes, les pastèques... C'est délicieux, c'est merveilleux là-bas !

Ces récits faisaient venir l'eau à la bouche de Pila et de Syssoïko. Tout ce qui était mangeaille les intéressait au plus haut degré.

— Menez-nous dans un endroit comme ça, voulez-vous ?

— Parbleu ! Si nous te prenons avec nous, tu nous remercieras, va. Quant à moi, je ne retourne plus au village.

— Nous non plus.

Ils atteignirent enfin un hameau, où de bons paysans leur permirent d'entrer chez eux pour se réchauffer sur le poêle ; tout en répondant aux questions qu'on leur faisait, ils se réchauffèrent et mangèrent ce qu'on leur donna, puis se remirent en route.

Ils marchèrent ainsi pendant cinq jours, grelottant de froid ; ils avaient beau frotter l'une contre l'autre leurs mitaines rugueuses et courir le long de la route, ils ne parvenaient pas à se réchauffer ; aussi maudissaient-ils le froid, le vent et les tourbillons de neige ; la nuit, ils couchaient dans des hameaux et se réchauffaient sur le poêle.

Pila et Syssoïko trouvaient le chemin bien long et commençaient à douter des alléchantes promesses de leurs camarades.

— Arriverons-nous bientôt ?

— Oussolié n'est pas loin ; nous trouverons là à nous engager.

Les Podlipovtsiens se décidèrent alors à attendre patiemment la fin du voyage. La vue de nouveaux villages, plus fréquents et plus riches que ceux du district de Tcherdyne, leur redonnait du courage.

Les gens qu'on rencontrait étaient tous occupés, les uns à scier des branches d'arbres, les autres à construire des isbas ou à mener du foin quelque part.

— C'est superbe ici, disait Pila en voyant les maisons propres et nettes.

— Le pain doit y être fameux.

Ivan et Pavel grelottaient, toujours transis : le vent les glaçait jusqu'aux os. Souvent ils refusaient d'avancer et s'asseyaient tout en larmes, au bord de la route, mais Pila les rossait et les forçait à se lever.

Le sixième jour, ils arrivèrent à Oussolié.

XV

Oussolié est un grand bourg à l'aspect charmant, bâti sur le bord du fleuve Kama. Les fours à sel sont construits presque sur la rive, tout près des barques et des barges[1] en construction.

Au printemps, le paysage est fort animé, surtout après la débâcle des glaces : on met à flot les barques qui doivent descendre la rivière.

Les bateaux à vapeur, qui ont hiverné dans le port, se réveillent de leur sommeil et descendent le fleuve, remorquant derrière eux un chapelet de barques. Ce sont eux qui alimentent de blé cette contrée, car ils amènent de très loin le grain dont le peuple se nourrit.

La grande industrie d'Oussolié est le sel que l'on transporte sur de grandes barques presque plates, qui ont quelquefois un chargement de dix mille quintaux. Les marchands du bourg sont des gens cossus ; quant au peuple, il est tout entier occupé aux fours d'Ous-

---

1 Grande galère employée sur les fleuves russes.

solié et de Diédoukino. Solikamsk, qui a de grandes mines de sel, est beaucoup plus pauvre qu'Oussolié, car tout le commerce de la contrée se fait dans ce dernier bourg : les habitants de Solikamsk viennent y acheter le blé et autres aliments de première nécessité.

Les Podlipovtsiens écarquillèrent les yeux en apercevant les jolies constructions du bourg ; les fours à sel les ébaubirent plus que tout : ces colonnes dressées en l'air et reliées par d'immenses solives, les hangars élevés avec des escaliers qui allaient jusqu'au toit, que montaient et descendaient des gens chargés de sacs, tout cela les ahurissait profondément. Ils étaient aussi fort étonnés de voir l'animation des gens qui menaient des poutres ou des planches : ils regardaient ébahis les femmes aller et venir en portant des sacs et s'injurier avec les hommes qui les pinçaient jusqu'au sang — par amitié.

Cette vie enfiévrée, pleine de hâte, donnait le vertige aux Podlipovtsiens, mais excitait en eux un désir non avoué de rester là ; il devait certainement y faire très bon.

— Qu'est-ce que c'est ? là ! cette maison très haute, regarde : il y a quelque chose qui monte et qui descend.

Un des paysans leur expliqua que c'était la pompe de la mine de sel ; quant aux soliveaux que supportaient les colonnes et qui les intriguaient si fort, c'étaient des chéneaux par lesquels le sel allait dans le four.

— Tu mens !

— Non ; ma foi ! mais ce sel n'est pas encore là comme celui que nous mangeons ; il est tout noir. Vois-tu cette cheminée ? Eh bien, c'est là qu'on le cuit et qu'il devient blanc.

Ils allèrent près de la pompe. Nos Podlipovtsiens virent là une poutre à laquelle étaient fixés des rouages sans nombre mis en mouvement par quatre chevaux que menait un petit garçon. Ils ne comprirent pas comme on extrayait le sel du fond de la terre : leurs compagnons non plus. Le gamin qui fouettait les chevaux du manège pour les faire tourner en rond se donnait devant eux de l'importance.

— Eh ! démons ! en avant ou je vous casse...

Cette occupation devait être fastidieusement monotone. Pourtant Pavel et Ivan envièrent ce garçon qui avait le droit de rosser les chevaux et même de les taper avec le manche de son fouet.

Quand les deux gamins s'approchèrent de lui, il les injuria. Les enfants de fabrique ne cèdent en rien aux ouvriers ; ce sont de rusés matois, très débrouillards, qui ont beaucoup souffert et qui sont naturellement méchants.

L'ouvrier de fabrique est toujours mécontent de son sort ; il envie le paysan qui travaille pour son propre compte, et dont l'unique devoir est de payer les impôts et de satisfaire le maître de police de l'arrondissement. L'ouvrier est malheureux ; il est payé à la tâche ou à la semaine. Il doit accomplir un travail déterminé dans un temps fixe ; s'il ribote pendant quelques jours ou s'il tombe malade, on ne lui paie pas son travail : on le met à la porte pour un oui pour un non. L'ouvrier est donc souvent dans la misère ; il cherche souvent pendant longtemps du travail avant de pouvoir en trouver, car il n'ose pas retourner à la fabrique dont il a été chassé. Il ne peut quitter l'endroit où demeure sa famille ; il faut donc qu'il travaille au même endroit, coûte que coûte. Il croit souvent avoir de l'ouvrage pour longtemps, quand brusquement le surveillant apparaît et le chasse, sans lui régler ce qu'il lui doit. Le surveillant est une puissance — il a de l'argent — et sent que les ouvriers sont ses serviteurs. Qu'ils n'aient rien à manger, que la femme et les enfants crèvent de faim, cela lui est parfaitement égal.

L'ouvrier de fabrique est par conséquent haineux. Le travail est une charge et la famille un fardeau ; ni l'un ni l'autre ne le réjouissent ; dès l'enfance, il est opprimé, en butte aux vexations du capital. S'il connaissait un métier à fond, il partirait, mais il ne connaît que partiellement le métier de salin.

Les enfants des ouvriers sont très délurés ; à huit ans, ils ne craignent pas leurs aînés, et s'injurient entre eux comme des hommes faits.

Les compagnons de Pila le conduisirent, ainsi que sa famille, près des fours énormes où les flammes jetaient une chaleur insupportable pour qui reste trop près. Et pourtant on alimente continuellement la fournaise.

— Il ferait bon rester ici, pensa Pila : il fait joliment chaud.

— Que faites-vous là ? demanda un ouvrier aux Podlipovtsiens.

— Nous sommes venus regarder, répondirent ceux-ci.

— Ah ! ah ! On devrait vous faire travailler, pour voir la mine que vous feriez.

Pila ne comprenait pas.

Est-ce que c'est si difficile de jeter des bûches là dedans ? Qui sait ! on y brûle des gens peut-être ? N'est-ce rien la grande fournaise dont le pope leur a parlé et où vont les gens après leur mort ?

Il eut peur.

— Filons d'ici, sans quoi ils nous grilleront dans ce feu, dit Pila à voix basse à ses camarades, mais en ce moment un paysan leur cria de venir l'aider à décharger du bois. Pila et ses camarades se mirent aussitôt à l'œuvre ; ils travaillèrent avec tant de plaisir qu'ils furent bientôt tout en sueur. Ce manège de jeter du bois dans la fournaise leur plut fort.

— C'est fameux ! dit Pila avec un large sourire. Restons-nous ici ?

— Non ! il vaut mieux aller *bourlaquer*. Cette grande fournaise est traître comme tout. On peut tomber dedans.

— Alors, allons plus loin !

— D'où êtes-vous ? demandèrent aux compagnons des Podlipovtsiens les ouvriers qui s'étaient assis.

— Du district de Tcherdyne.

— Et où allez-vous ?

— *Bourlaquer*.

— Vous avez tort. Le métier n'est plus maintenant ce qu'il était autrefois. Les bateaux à vapeur font beaucoup de mal au halage. Auparavant, on n'entendait jamais parler de ces machines ; maintenant, il y en a une masse à Perm et partout sur le fleuve.

Les Podlipovtsiens s'en furent ensuite voir le chaudron où l'on cuisait la saumure. Ce chaudron de plusieurs mètres de longueur était plein de liquide, dont une écume grisâtre couvrait la surface et que l'on remuait de temps à autre. Au-dessus du chaudron se trouvaient des lattes, d'où tombait une pluie noire. Près de l'entrée du hangar, il y avait un canal qui communiquait avec le chaudron. Syssoïko ouvrit le robinet ; il en coula un liquide noir et puant.

— Qu'est-ce que c'est ? demanda-t-il à un des Tcherdynois.

— C'est de la saumure.

— À bas les pattes ! Referme ce robinet, crièrent les ouvriers à

Syssoïko.

Ils le poussèrent en lui donnant des bourrades et refermèrent le robinet.

Pila et Syssoïko entamèrent conversation avec les ouvriers.

— Êtes-vous venus pour vous engager ?

— Non, nous allons *bourlaquer.*

— Voyez-vous ça.

Pila se fit expliquer la fabrication du sel.

— Tu as vu ce qui coulait du robinet, eh bien, c'est la saumure ; quand on ouvre le robinet, la saumure coule dans, le chaudron, où elle cuit parce que le four est en dessous, comprends-tu ? Le sel se fait dans ces soupentes et tombe dans les greniers.

— Ainsi, c'est du sel, ça, fit Pila étonné.

L'ouvrier prit des soupentes un peu de sel avec sa pelle et le montra aux Podlipovtsiens.

— Regardez-le !

— Donne-le nous, hein ?

L'ouvrier leur en fit cadeau. Pila le fourra dans son bissac avec son pain.

— Enveloppe-le dans quelque chose, sans quoi il gâtera le pain.

— Allons donc ?

— Oui, ton pain pourrira.

Pila était indécis ; ce serait bien embêtant si le pain se gâtait, mais il ne voulait pas jeter d'aussi bon sel qui ne lui coûtait rien. Il résolut de le manger tout de suite afin de ne rien perdre. Les Podlipovtsiens s'assirent donc pour manger leur pain, qu'ils couvrirent d'une si épaisse couche de sel, qu'il était presque immangeable. Après le premier morceau, ils en saupoudraient un autre, jusqu'à ce qu'ils fussent rassasiés. Les fours à sel leur plaisaient si fort qu'ils auraient voulu rester là plus longtemps, mais leurs camarades les pressaient de venir. Ils se remirent en route. Au bord du fleuve, ils virent de grandes barques que des paysans construisaient et aménageaient.

— Regarde, dit un paysan à Pila.

Pila était fort étonné : ce qu'il avait devant lui ne ressemblait nullement à des maisons ; ces constructions avaient pourtant des fenêtres, d'immenses cheminées et des roues sur les flancs. Trois bateaux à vapeur étaient rangés le long de la rivière.

— Tiens, voilà des barques, comme celles que nous halerons. Quant à ça, ce sont les machines qui courent sur l'eau dont je t'ai parlé... Elles vont diablement vite.

— Menteur ! Comment veux-tu qu'on coure sur l'eau avec des roues ? Je ne suis pas une bête !

— C'est pourtant comme ça.

— Allons, laisse-moi tranquille. J'ai été bien souvent sur la Kama, les bateaux ne sont pas comme ça, ils n'ont point de roues. Voilà un bateau, fit-il, en montrant une barque.

Pila et Syssoïko n'osaient pas s'approcher du bateau à vapeur.

— Ne va pas trop près, il te jettera par terre ! dit Pila à son camarade. Moi, je n'ai pas peur.

— Alors, vas-y !

— Certainement que j'irai, dit le Podlipovtsien, sans bouger le moins du monde.

Pavel et Ivan s'étaient déjà approchés sans crainte ; ils leur demandèrent :

— Peut-on aller ?

— Parbleu, il ne vous mangera pas. Il est tout en fer...

— Il faut le voir courir ; il va comme le vent.

— Menteur ! il y a pour sûr un cheval caché dedans... et puis s'il va si vite, pourquoi reste-t-il en place ?

— Parce que la rivière est gelée ; une fois que la glace aura passé, il se mettra à courir ; maintenant il est attaché.

Les Podlipovtsiens regardèrent le câble qui le maintenait au rivage. Ils éclatèrent de rire.

— Il est fort ce chien-là, pour qu'on l'aie attaché à une si grosse corde. Il pourrait bien la ronger, s'il voulait.

Nos paysans restèrent longtemps à regarder le bateau à vapeur, sans comprendre quelle machine ils avaient sous les yeux.

— Qu'est-ce, ça ? fit Pila en montrant le fleuve.

— La Kama.

— Menteur ! elle est loin d'ici ; il faut plus de deux jours pour y aller.

— Où allez-vous ? leur demandèrent peut-être pour la vingtième fois de la journée les ouvriers du chantier.

— Nous allons *bourlaquer*.

— Sur le Tchoussovaïa ?

— Oui.

— D'où êtes-vous ?

— De Tcherdyne.

— Il y a ici de vos pays.

— Voyez-vous ça ! les gaillards ! Avez-vous du travail ?

— Pas trop pour le moment. Si vous allez au marché, vous trouverez une foule de bourlaki. On dit qu'un employé de fabrique viendra engager du monde pour aller sur la Tchoussovaïa.

— C'est bon à savoir... Combien vous paie-t-on ?

— Nous sommes convenus pour cinq roubles, mais j'ai bien peur qu'on ne nous paie pas du tout. L'hiver dernier, nous avons bien trimé ; et pourtant nous n'avons reçu que trois roubles pour tout potage.

— Ces gamins vont-ils avec vous ?

— Oui !

— On ne les prendra pas...

— Nous verrons bien.

Les Podlipovtsiens se rendirent alors au marché.

XVI

Ils virent sur le marché une soixantaine de paysans, tous pauvrement habillés, la besace sur l'épaule et qui regardaient plutôt les denrées qu'ils ne les achetaient, car ils étaient sans argent. À leur langage, à leur habillement, à leur étonnement enfantin pour tout ce qui les entourait, on voyait qu'ils venaient de loin, de très loin.

Comme les Podlipovtsiens, ces gens avaient été forcés par la misère à quitter leur coin pour aller *bourlaquer*, et chercher un endroit où ils fussent heureux, où ils auraient à manger leur soûl. Tout ce monde venait des gouvernements de Viatka et de Vologda, où la terre est si pauvre que le blé n'y peut croître, malgré des efforts épuisants.

Comme Pila, ils avaient entendu qu'il fait bon *bourlaquer*, parce qu'on mange beaucoup et puis on voit d'autres pays, d'autres gens. Chaque année, quelques milliers de paysans quittent ainsi leurs hameaux et leurs villages.

Les Podlipovtsiens se mêlèrent à la foule. Tant qu'ils eurent du pain, ils rôdèrent par le village à regarder les belles maisons, ou bien dans les fours à sel pour tuer le temps, ils dormirent aussi une partie de la journée dans les isbas des pauvres habitants du village, mais, au bout de deux jours, ils n'eurent plus de pain : ils s'en allèrent mendier par le village, où on leur donna des croûtes et quelques sous. Cette vie oisive commençait à les embêter carrément : ils auraient voulu déjà tâter de cette vie de bourlaki, qu'on leur peignait si belle.

Les paysans continuent à arriver en foule. Tous font très rapidement connaissance avec les nouveaux arrivés : d'où es-tu ? où vas-tu ? et la connaissance est faite. Ils se sentent égaux les uns aux autres ; aussi mangent-ils dans les mêmes maisons, dorment-ils côte à côte, sans trop se demander si leur voisin est un brave homme ou une canaille. Ce n'est ni leur frère ni leur parent. Ils sont parfaitement indifférents à tout ce qui touche leurs camarades. Ils trouvent seulement qu'en compagnie on s'amuse mieux qu'à deux ; si l'on s'injurie ou s'empoigne de langue, cela fait rire les autres et le temps passe plus agréablement. Les coups de poing les aident de temps à autre à se réchauffer, personne ne se fâche. Si un pauvre diable n'a rien à manger, un camarade partagera son pain avec lui, quitte à recevoir le lendemain la pareille. Si un paysan se sait quelques kopecks en poche, et qu'il veuille les dépenser au cabaret, il ne boira pas son eau-de-vie tout seul, mais il appellera les camarades qui lui plaisent le plus ou avec lesquels il loge. Chaque paysan, le lendemain de son arrivée, avait ainsi deux ou trois camarades avec lesquels il passait toute sa journée.

Pila et Syssoïko étaient devenus immédiatement les inséparables de deux ou trois paysans avec lesquels ils mangeaient et dormaient. Si un membre de la bande manquait de pain, les autres partageaient le leur avec lui.

Personne ne vivait en aussi bonne amitié que Pavel et Ivan, pas même Pila et Syssoïko. Le développement des gamins avait commencé le jour où leur père les avait menés à la ville pour la première fois. Dans leur hameau, ils auraient grandi comme Pila et Syssoïko, ignorants de tout, grâce au milieu où ils étaient nés. À la ville, au contraire, ils avaient appris qu'il y avait des gens riches et des gens pauvres et qu'ils appartenaient à cette dernière condition ; quand on avait mené leur père en prison, où on n'enfermait que les meurtriers et les voleurs, ils avaient compris que leur père, malgré toutes ses vanteries, n'était que peu de chose et qu'il y en avait de plus forts que lui. Pila, qui, jusqu'à ce moment, avait été tout pour eux, ne fut plus qu'un homme ordinaire. S'ils accompagnaient leurs parents, c'était moins par attachement que parce qu'ils n'auraient pas su où aller eux-mêmes. Ils méprisaient maintenant Podlipnaïa. Quand ils voyaient de jolies filles, roses et bien grasses, ils se disaient qu'ils aimeraient mieux vivre avec elles qu'avec celles du hameau, toujours si laides.

Leur tête de gamins travailla pendant tout le voyage jusqu'à Oussolié. Ils avaient traversé de nombreux hameaux, où ils avaient trouvé tout supérieur au minable Podlipnaïa ; les maisons valaient mieux, les filles aussi. Une fois dans le bourg, ils cherchèrent à se rendre compte de ce qu'ils voyaient, à savoir ce qu'était ceci, cela, pourquoi tout était différent de leur hameau. Comme leur père n'en savait pas plus long qu'eux, ils interrogeaient tout le monde, les ouvriers, les gamins, qui leur disaient d'abord des injures, puis leur expliquaient ce qu'ils demandaient. Ils discutaient ensuite ce qu'ils avaient appris de nouveau et qu'ils comprenaient tant bien que mal. Ils avaient ainsi compris qu'on employait les chevaux pour extraire la saumure, parce qu'ils étaient plus forts que les hommes et qu'il y avait économie à s'en servir. Ils l'avaient appris de la manière suivante : ils s'étaient approchés du manège en inactivité et avaient essayé de le faire tourner. Ils n'y étaient pas parvenus, tandis qu'ils se souvenaient bien avoir vu les chevaux mettre la pompe en mouvement. Ils en surent ainsi plus que Pila, plus que Syssoïko. Chaque fois qu'ils apprenaient quelque chose de nouveau, ils le disaient à leur père qui ne voulait pas les croire. Ainsi ils avaient entendu dire que le travail des salines était moins dur que celui de halage. Ils avaient par conséquent engagé leur père à rester à Oussolié et à s'y chercher du travail, mais celui-ci les injuria et voulut même les battre. Ils n'ouvrirent plus la bouche sur ce sujet, mais ils auraient préféré rester à Oussolié où il faisait bon vivre et où les filles étaient jolies.

Maintenant ils aimaient à se promener dans la rue ; depuis qu'ils mangeaient du pain, ils se sentaient plus forts et plus robustes ; d'où ils avaient tiré la conséquence que c'était la farine mêlée d'écorce qui les rendait malades. Ils se promenaient toute la sainte journée dans le village avec les gamins du bourg, toujours causant, se querellant, se battant.

— Nous ne retournerons plus là-bas, dit Ivan à Pavel en lui montrant le côté d'où ils étaient venus.

Là-bas signifiait Podlipnaïa.

— Ma foi, non !

—- Ne regrettes-tu pas Aproska ?

— Qu'elle s'en aille au diable ! Regarde un peu quelles jolies filles il y a par ici.

— Oui, elles sont belles, tandis qu'à Podlipnaïa...

— Toi, Pavel, ne me quitte pas

— Toi non plus. À deux, ça va mieux.

— Je ne veux pas aller avec le père et la mère.

— Nous ne saurons pas où aller sans eux... Suivons-les !

Leur curiosité insatiable leur valait souvent des bourrades de la part des bourlaki, qui avaient encore un grief contre eux : ils ne partageaient jamais avec eux le pain qu'ils récoltaient en mendiant. Ils répondaient aux invectives des paysans par des injures qu'ils proféraient de loin, hors de la portée de ceux-ci. Les paysans n'accordent du reste aucune importance aux injures, si violentes qu'elles soient ; le juron qui ne s'imprime pas était aussi bien pour eux une salutation amicale qu'une injure ; il exprimait souvent tout un poème d'admiration, de chagrin, de joie ou de colère.

Pavel et Ivan n'obéissaient plus à leur père, car ils ne le craignaient plus. S'il les envoyait mendier, ils lui répondaient crânement : « Vas-y toi-même ! » S'il sacrait contre eux, ils lui tiraient la langue. Quand il voulait les battre, ils se débattaient et résistaient. Pila finissait par dire : Démons que vous êtes, vous serez forts ; oh ! les petites charognes. Il avait même du plaisir à voir ses enfants se battre[1] ; il ne leur prenait le pain qu'ils avaient mendié qu'après une bataille où il y avait des coups donnés et reçus.

Matriona était toujours inconsolable : elle était le plus souvent couchée sur le poêle de l'isba où elle demeurait à parler à son hôtesse de Podlipnaïa et d'Aproska.

XVII

Cinq jours après son arrivée, Pila remarqua dans la foule des nouveaux venus plusieurs paysans de Podlipnaïa, entre autres Iolkine et Marochine, surnommés Iolka (sapin) et Marochka (ronce). Pila fut tout réjoui de les voir. Il commençait déjà à oublier Podlipnaïa et même Aproska.

— Vous voilà, leur cria-t-il joyeusement, êtes-vous venus *bourlaquer* ?

— Oui.

— Pourquoi ?

— Que veux-tu qu'on fasse quand tu n'es plus là ?

— Et qu'as-tu fait de tes enfants ?

— Je les ai laissés avec ma femelle à la ville.

— As-tu de l'argent ?

— Oui.

— Tu l'as volé ?

— Oui.

Ils se racontèrent leurs aventures. Pila n'oublia pas de leur dire comment il avait été en prison.

— Nous le savons, tirent les nouveaux venus.

— Dis donc, ne sont-ils pas encore morts là-bas, demanda Pila. Agacha est-elle vivante ?

— Le gars et la fille Tytchenko sont morts tout de suite après Aproska. Agacha est à la ville où elle travaille dans une maison.

— Qui donc est resté là-bas ?

— Ma femme, répondit Marochka, qui n'avait pas encore dit un mot.

---

[1] Il y a dans *Tarass Boulba*, de N. Gogol, une scène semblable, qui est un tableau de maître. *(Note du trad.)*

— Mais elle crèvera.

— Qu'elle crève si elle veut !

— Peut-on être aussi dur que ça ? N'avoir de pitié pour personne.

— Et les Kortchaghi ?

— Ils veulent aussi venir ici. Ma femme partira avec eux. Il ne restera plus à Podlipnaïa que le chien et les maisons.

— Maintenant que nous voilà tous ensemble, dit Pila, il ne faut pas nous perdre de vue. Ce que nous aurons, nous le partagerons.

— Tu feras comme tu voudras, tu es le chef.

Un employé de fabrique vint de Chaïtane pour louer des bourlaki. Bien que tout autour des fabriques il y ait de grands villages, les paysans préfèrent rester chez eux à travailler ; ils ne font donc nullement concurrence à ceux des districts septentrionaux qui sont heureux de travailler pour un petit gage. On paie en général de 8 à 15 roubles aux bourlaki pour aller avec une barque depuis la fabrique jusqu'à Iélabouga, ou Nijni-Novgorod. De là, le métal se transporte sur des bateaux à vapeur.

Une centaine de paysans étaient déjà réunis sur la place du marché quand l'employé de la fabrique arriva. En le voyant, ils ôtèrent respectueusement leurs bonnets.

— Vous voulez aller *bourlaquer* ?

— Oui.

— Montrez-moi vos passeports.

Il n'y avait guère dans toute cette foule qu'une vingtaine de paysans qui en eussent.

— Vous n'en avez pas, vous autres ? dit l'employé aux quatre-vingts paysans qui restaient.

— Non, petit père ! mais ne nous perds pas, prends-nous !

— Je ne prends que ceux qui ont des passeports.

Les paysans se courbèrent en deux dans un profond salut, le suppliant de les prendre. La plupart d'entre eux ne savaient ni ce que c'était qu'un passeport ni à quoi il servait.

L'employé fit semblant de se laisser toucher.

Chaque année, la même comédie se répétait ; il fallait qu'il se rendît dans les arrondissements pour se procurer les passeports de ceux qui n'en avaient pas, et qu'il les payât de sa poche. Il prit le nom et l'origine de chacun, puis fit un contrat avec ceux qui avaient leurs papiers. Il prit leurs passeports, leur donna un rouble d'arrhes. Les autres ne reçurent que cinquante kopecks. Il ordonna de l'attendre et partit faire sa tournée annuelle dans les arrondissements pour se procurer les passeports des bourlaki.

Une fois l'employé parti, les paysans firent ribote. Pavel et Yvan étaient parvenus à se faire admettre et avaient reçu trente kopecks qu'ils dépensèrent immédiatement. Pendant une semaine, les bourlaki bambochèrent jusqu'à ce qu'ils n'eurent plus un sou en poche : ils avaient payé à boire aux ouvriers, qui leur rendirent la pareille, quand ils eurent tout dépensé. Les enfants de Pila s'étaient acheté des sandales et des bottes de feutre ; les quelques kopecks qui leur restaient après ces achats passèrent en pain blanc.

Matriona était désolée de ce qu'on avait refusé de la prendre avec son mari. Elle entra comme ouvrière dans une saline. Ce qu'elle gagna servit à nourrir Pila, Syssoïko et les enfants.

Pendant trois semaines environ, les bourlaki attendirent le retour de l'employé. Ils auraient bien voulu s'en aller, car ils souffraient de la misère, mais les saulniers leur expliquèrent que cela ne se pouvait pas parce qu'ils avaient reçu des arrhes.

L'employé arriva enfin et montra aux paysans les passeports qu'il avait pris pour eux.

Il choisit ensuite quatre lamaneurs-pilotes qui reçurent trois roubles ; les bourlaki eurent un rouble. Une fois qu'il eut inscrit tout le monde sur son carnet, l'employé ordonna aux bourlaki de se rendre à la fabrique et repartit. Il avait engagé plus de cent ouvriers, dans les différents bourgs, villages et hameaux du gouvernement.

Tous les paysans achetèrent alors deux paires de sandales neuves et trois miches de pain ; ils se donnèrent une indigestion de choux gras, puis s'endormirent profondément ; le matin, ils se levèrent de très bonne heure, mangèrent comme il faut, attachèrent solidement leurs besaces. Ils se rassemblèrent hors du village et se mirent en route.

Matriona regarda longtemps les Podlipovtsiens... elle pleura et sanglota en voyant son mari, Pachka et Vanka qui regardaient en arrière et versaient des larmes... Seul, Tiounka ne connaît pas encore le chagrin ; il est déjà à courir avec les enfants de l'hôtesse et à jouer.

Matriona travaille dans un four à sel ; elle transporte de grosses bûches ou bien grimpe un long escalier, courbée en deux, sous un énorme sac qui lui casse les reins.

Un travail pénible ! allez !

LIVRE DEUXIÈME. LES BOURLAKI

I

Ainsi, nos Podlipovtsiens s'étaient mis en route avec leurs camarades pour aller bourlaquer.

Ils étaient en tout, cent trente-un. Le costume de tous ces gens différait peu : c'étaient les mêmes pelisses de peau, déguenillées et déchirées, les mêmes caftans de drap gris grossier en lambeaux, les mêmes camisoles, les mêmes bonnets de feutre ou de fourrure, les mêmes grandes mitaines rapiécées, que celles de Pila et de Syssoïko. Chaque paysan était chaussé de sandales de tilleul et portait, sur son dos, un sac contenant du pain et deux paires de sandales qu'ils avaient achetées avec l'argent que l'employé leur avait donné, sans quoi ils n'auraient pu partir.

Ils devaient marcher pendant trois semaines avant d'arriver à la fabrique, semblables aux Juifs traversant le désert d'Arabie, mais ce n'étaient pas des Israélites, ces gens qui suivaient les grandes routes, les sentiers et les chemins de traverse, en désespérant de jamais arriver.

Les quatre pilotes que l'employé avait désignés, bourlaquaient depuis plusieurs années : ils connaissaient toutes les routes, depuis Tcherdyne jusqu'à Nijni et jusqu'à Perm, mais ils ne parvenaient pas à s'accorder au sujet de la route à suivre. Comme ils demeuraient en des points différents du gouvernement, chacun prétendait connaître la route la plus courte, par laquelle ils voulaient conduire leurs camarades.

Les bourlaki les suivent, marchant sans se presser, à pas lents, chantant parfois des chansons tristes, plaintives et pénibles, pourtant, la plus grande partie se fait en silence. On n'entend quelque bruit que lorsqu'une voiture force les voyageurs à se garer. Qui ne se range pas assez vite, reçoit un coup de fouet du cocher ; ce sont alors des jurons et des éclats de rire. Quelquefois même les paysans veulent se battre. Ils auraient fait un mauvais parti à un cocher de poste qui les avait fouettés, et peut-être même l'auraient tué, si le conducteur ne les avait dispersés avec son grand sabre. Le tintement des clochettes et des grelots, les pelisses somptueuses des seigneurs qui voyagent, les font éclater de rire d'étonnement. Les Podlipovtsiens font bande à part : ils sont heureux d'être avec des camarades aussi gais et d'une conversation aussi séduisante. Dans cette compagnie qui les éblouit, ils oublient presque leur propre misère, et comme les autres, se moquent de la prononciation des Tartares et des Tchérémisses. La route se bifurque, tout le monde s'arrête.

— Par ici, dit un pilote.

— Non ! de ce côté ! fait un second.

— Vous vous trompez ! par ici ! répliqua le troisième.

— En suivant ce chemin, nous trouverons un grand village.

— La boule te tourne... À trois verstes d'ici, il y a un hameau, mais il faut prendre à droite.

— Allez-vous en au diable ; vous ne connaissez pas la route... J'ai passé plus de dix fois par ici. Démons !

Les autres pilotes hésitent et se disent que leur camarade a peut-être raison. Les bourlaki, qui ont déjà vogué, tiennent pour le premier pilote. Il s'ensuit une querelle en règle, des cris...

— Puisque vous connaissez une autre route, suivez-la. Nous, nous voguons depuis huit ans déjà, et nous avons toujours passé par ici.

— Moi, je m'en vais, crie le pilote qui a conseillé de tirer à gauche.

— Eh bien, va-t'en, démon ! ne viens pas nous embêter.

Les bourlaki se séparent en deux bandes ; les uns vont à droite, les autres vont à gauche. Au bout d'une heure, la seconde bande rencontre un paysan. Ils lui demandent si ce chemin ne mène pas à la Tchoussovaïa. Après de nombreuses explications, ils parviennent à comprendre qu'ils doivent traverser plusieurs rivières, la Kosva, l'Ousva, avant d'arriver enfin à la Tchoussovaïa.

— En route !

Ils vont toujours à gauche ; le soir, ils arrivent dans un hameau où ils couchent. Le lendemain, ils prennent le chemin à main droite. Le soir, harassés de fatigue, ils se retrouvent dans le hameau qu'ils avaient traversé la veille.

— Sapristi, mais nous avons déjà passé par ici.

— Mais oui !

— Vous êtes fous, dit le pilote, il n'y avait que sept chaumières dans celui que nous avons traversé hier, celui-ci en a huit.

Les deux pilotes qui conduisent les bourlaki se querellent de nouveau ; on se remet en route, pour arriver au bord de l'Iaïva. La rivière est recouverte d'une épaisse couche de neige qui dissimule la glace.

— Est-ce ici que nous devons passer ?

— Oui. Ne vois-tu pas que c'est une rivière ?

Pila demande :

— Est-ce la Kama ?

— Non ! la Kama est là-bas, répond un bourlak en montrant le nord.

Pila s'étonne.

Les paysans restent debout sur la berge de la rivière :

— Faut-il suivre la rive droite ou la rive gauche ?

— Suivons la gauche, nous trouverons ainsi la Tchoussovaïa, mais je n'ai jamais été par ici. La route est incertaine, car il est impossible de reconnaître l'amont et l'aval de la rivière.

— Si la rivière était libre, je reconnaîtrais tout de suite la route qu'il nous faut prendre, dit le premier pilote.

Le vent fait rage et glace les bourlaki, qui descendent la berge pour traverser la rivière : des bourrasques les font rouler à terre.

— Voilà déjà longtemps que je vais *bourlaquer*, je n'ai jamais traversé l'Iaïva, grommelle un bourlak grisonnant.

De l'autre côté de la glace, on trouve un étroit sentier... La troupe s'y engage, toute joyeuse de retrouver des traces humaines. Le soir, ils arrivent dans un hameau où ils mangent et dorment pour se remettre le lendemain en route. Ce jour-là ils marchèrent bien. Quelques Zyrianes se joignent à eux.

— *Hydtché mounane* ? (Où allez-vous ?) demandent-ils aux paysans,

— Bourlaquer, leur répond-on.

Dans la troupe se trouvent quelques Zyrianes qui entament conversation avec leurs compatriotes.

— *Ilycia lok tys* ? (Venez-vous de loin ?)

— *A Ejva, Kyrnych* ! (De la rivière Vytchegda, pardieu !)

De nouveau, les bourlaki arrivent au bord d'une rivière.

— C'est la Tchoussovaïa !

— Menteur, elle est trop petite !

— Non, frères, interrompt un pilote. C'est la Kosva, nous devons encore traverser l'Ousva avant d'arriver à la Tchoussovaïa.

On traverse la rivière.

Tout va bien pendant trois jours, tout à coup on arrive à un carrefour. Les pilotes ne le connaissent pas, mais ils dissimulent leur ignorance.

— Par ici.

— Non, par là.

Les pilotes commencent à se battre. Les bourlaki les entourent.

— C'est ça... tape dessus... Allons...

Un pilote s'enfuit à gauche, un autre le suit, accompagné de la moitié de la troupe. Les deux pilotes qui restent essaient de convaincre les bourlaki, qui sont indécis : Qui a raison ? Après une demi-heure de discussion, les deux pilotes se décident à suivre la route qu'ont prise leurs camarades. Ils avancent sans pouvoir les rejoindre et laissent deux chemins à leur droite. Après une heure de marche, ils font demi-tour et reviennent sur leurs pas.

— Où diable se sont-ils enfuis ? Il nous faut retourner jusqu'au premier chemin que nous avons laissé à droite.

Ils sont au milieu d'une grande plaine. La route est à demi cachée sous la neige. Les bourlaki ont de la peine à la suivre ; le vent qui souffle leur fait faire de grands zigzags. Pendant une heure entière, ils marchent sans s'arrêter. La paresse commence à s'emparer d'eux ; le désir d'arriver devient toujours plus fort, et on n'aperçoit rien à l'horizon. Un bourlak s'arrête et s'assied dans la neige, les autres suivent son exemple. Ils ouvrent leurs besaces et mangent.

— Retournons en arrière.

— Eh non ! petits frères, la nuit est bientôt là.

Les bourlaki ont peur de l'obscurité, surtout dans cette grande plaine où ils se sentent tellement isolés et perdus.

— Conduis-nous, chien ! fait Pila au pilote. Pourquoi nous as-tu amenés ici ?

— Marchons, nous arriverons bientôt ; tout de suite après que nous aurons fini de traverser cette plaine.

— Non ! nous mourrons !

— Vous ne mourrez pas du tout, car nous serons près d'une rivière. Si vous retournez en arrière, vous vous égarerez.

— Allons ; en route ! quoique je sois éreinté ! dit Pila.

Tout le monde se relève et se secoue. La neige commence à tomber, une neige épaisse qui les aveugle de ses flocons. Les bourlaki avancent le cou courbé : ils aperçoivent à peine ceux qui vont les premiers. Tout est blanc autour d'eux, ils sont blancs eux-mêmes comme s'ils s'étaient roulés dans la neige. La fatigue alourdit leurs membres épuisés.

— Eh ! camarades, voici une forêt, s'écria un paysan.

On distingue en effet une ligne noire. Les bourlaki se sentent regaillardis. Ils arrivent sur la lisière de la forêt, errent pendant longtemps avant de pouvoir trouver la route. Ils tombent enfin sur un sentier qui les mène au pied d'une colline. Ils couchent dans la neige et de grand matin, après avoir mangé, se remettent en route. De nouveau le chemin se bifurque, que le diable l'emporte !

— Autrefois, on allait beaucoup plus vite, tandis que maintenant… marmotte un bourlak.

— C'est que nous n'avons pas suivi la grande route, explique un des pilotes, nous prenons tout le temps des chemins de traverse.

Ils passent au pied d'une montagne. Syssoïko propose d'y grimper, mais on l'effraie en lui parlant des ours. Les loustics de la troupe commencent à raconter des histoires invraisemblables. Tous mentent, Pila plus que les autres.

— Faites comme moi, raconte-t-il à ses camarades. Un jour, je m'en vais pendant l'été dans la forêt… il y a de grandes futaies très épaisses. Je m'en vais ramasser des champignons. J'avais pris avec moi un gourdin. Je fais une belle récolte... Ça va bien... je trouve un ours qui dort... un ours énorme. Oh ! vous n'en avez jamais vu de pareils... Je marche tout doucement et vlan ! sur la tête ! vlan !... Il ne s'est seulement pas relevé.

— Parbleu, il était crevé ton ours !

— Crevé ! allons donc ! Alors, pourquoi que je l'aurais assommé.

— Tu n'y as rien vu, tu avais si peur que tu as cru qu'il dormait.

— Je te dis que je l'ai tué, hurla Pila, prêt à se fâcher.

— Oui, oui ! mais il était tout de même crevé.

— Répète-le, chien !

Les bourlaki se tiennent les côtes de rire et taquinent Pila.

— Le bel homme ! il peut se vanter, il a assommé un ours crevé.

— Dites donc, fait un autre, si les ours nous tombaient dessus ?

— Sur nous ?

— Oui. Est-ce qu'ils nous dévoreraient ?

— N'aie pas peur, nous sommes trop nombreux. Ils voudraient s'approcher que nous n'aurions qu'à crier. Ils seraient bientôt loin. Le diable lui-même ne les rattraperait pas.

— Mais nous n'avons pas de haches.

— Bah ! ils s'enfuiraient tout de même.

Ils arrivèrent dans un hameau, où on leur expliqua qu'ils ne suivaient pas la vraie route qui menait à la Tchoussovaïa.

Les bourlaki furent donc obligés de revenir sur leurs pas pour tomber dans le bon chemin. Ils s'égarèrent encore une fois, puis arrivèrent dans un grand village. Ils trouvèrent là une bande de bourlaki.

— Les voilà, crièrent nos gens tout réjouis.

— Non, ce ne sont pas eux, ce sont d'autres bourlaki.

— C'est vrai.

— D'où êtes-vous ?

— Du gouvernement de Viatka.

— Ceux de Viatka sont des gaillards.

Comme ces bourlaki-là connaissent bien la route, nos gens les suivirent. Quelques jours après, ils étaient au bord de la Tchoussovaïa.

II

Les bords de la Tchoussovaïa étaient déjà fort animés à ce moment-là. En plusieurs endroits, sur le rivage et sur la glace, on construisait des barques de toute espèce : l'air était plein des cris des paysans et du bruit de leurs haches. Aussi nos bourlaki marchaient-ils plus gaiement ; ils ne risquaient plus de s'égarer, car il y avait partout beaucoup de monde avec qui on pouvait toujours échanger quelques paroles et s'informer si la fabrique était encore bien loin.

Sur une assez grande partie de son parcours, la Tchoussovaïa est resserrée entre deux rives abruptes et rocailleuses ; il arrive aussi que, seule, une des rives est escarpée, tandis que l'autre est presque à ras de l'eau. Partout où des parois de rochers encaissent la rivière, le paysage est sombre et menaçant. Les bourlaki qui avaient déjà passé par là racontaient des histoires effrayantes, épouvantables.

— Tu vois bien cette montagne-là, qui est si jolie ! Eh bien, tu ne peux pas te figurer combien elle a déjà causé de malheurs. Quand nous l'aurons passée, il te semblera qu'on l'a coupée avec une hache, tant elle est à pic. C'est le plus mauvais coin de toute la rivière pour toutes les barques... Si elles ont le malheur de heurter, c'est fini, elles coulent bas... Il n'y a pas de fond à cet endroit-là de la rivière ; tout est perdu !

— On dit qu'il y a un esprit caché dans cette montagne. Oh ! ce n'est pas le diable, mais il paraît qu'il attire les barques et qu'il a dans les pattes...

— Un esprit ! ce n'est pas vrai, fit un pilote. S'il y avait quelqu'un de caché, on le saurait bien, et maintenant que le gouvernement est très sévère, il n'y resterait pas longtemps. On a arrangé là un tas de choses afin que les barques puissent facilement passer... Avant, c'était un vrai tourment ; la rivière était si méchante qu'il n'y avait pas moyen de voguer... il y a de gros blocs de rocher.

— Comme elle est haute ! s'ébahirent les bourlaki étonnés.

— Nous allons voir tout ça, dit joyeusement Pila. Ce sera joliment fameux.

Les bourlaki durent marcher toute la nuit, car il n'y avait pas un seul être vivant dans toute cette contrée désolée ; pas le moindre village ou hameau. Ils marchaient vite, comme effrayés. Ce n'étaient pourtant pas les ours qui leur mettaient des ailes aux jambes, mais bien quelque chose de terrifiant qui les glaçait d'épouvante. Devant et derrière eux, ils ne voyaient que des montagnes ; ils en étaient entourés ; au-dessus de leur tête, le ciel était tout noir, sans étoiles.

— Couchons ici, dit Pila, qui ne craignait rien.

— Ma foi, non ! lui répondit-on. Regarde un peu cette chapelle...

Ils croyaient voir à gauche quelque chose d'immense, très blanc, qui ressemblait à une église et qui pourtant n'en était pas une. Ces fantômes effrayaient fort les bourlaki, qui n'osaient pas s'en approcher, de peur de mourir. Aussi faisaient-ils un grand détour.

— Autrefois, raconte-t-on, il arrivait des horreurs. C'est ici que vivait Iermak.[1] C'est affreux ce qu'il a tué de gens ! Mais on raconte aussi qu'il a conquis la Sibérie.

— Où est-il, maintenant ?

— Il y a longtemps qu'il est mort... À ce qu'on dit il s'est noyé.

— Menteur ! Pour sûr, il s'est embusqué derrière la montagne. Tiens, regarde cette chose blanche, n'est-ce pas lui ? Vois-tu comme il nous regarde ?

— Ce n'est pas Iermak, mais un arbre. Veux-tu que nous allions regarder ?

— Vas-y tout seul, si tu en as envie... S'il me lançait une pierre, je serais mort.

Les bourlaki arrivèrent enfin à la fabrique.

III

Une foule de paysans travaillaient sur le rivage, occupés les uns à équarrir des poutres, les autres à planter des clous ou à fixer des crampons aux flancs des barques à moitié construites. Un commis de la fabrique vint compter et vérifier nos Podlipovtsiens et leur donna dix kopecks à chacun. Ils s'achetèrent du pain et des lapti neufs. Une fois rassasiés, ils se mirent au travail.

La construction des barques allait bon train. La multitude de bourlaki qui s'étaient rassemblés à la fabrique ne restaient pas, bien entendu, les bras croisés. Ceux qui ne savaient pas manier la hache

[1] Personnage légendaire du XVe siècle qui, avec une poignée d'hommes, conquit la Sibérie au tsar de Russie. Voyez la tradition qui le concerne dans *Pour les enfants* du comte Léon Tolstoï (Éditeur).

déblayaient le terrain encombré par la neige ou plantaient des clous. Quoiqu'il ne soit pas fort difficile de construire une barque russe, l'appareil déployé par les ouvriers semblait diablement compliqué à nos bourlaki. Au lieu de travailler, ils tournaient autour du lourd bâtiment : ce qui les étonnait surtout, c'est que l'extérieur était parfaitement lisse et poli, et pourtant les barques étaient faites de poutres et de planches. Habitués à construire des izbas de troncs écorcés que l'on ajuste comme on veut, ils étaient profondément étonnés. Ils ne voyaient pas très bien pour quel usage on construisait ces barques. Ce qu'ils avaient devant les yeux n'était pas une maison. Aussi ne pouvaient-ils absolument pas s'imaginer à quoi cela pouvait bien servir. Ils décidèrent finalement que même si on leur avait fait cadeau d'une barque, ils ne l'auraient pas prise. Vrai, ils n'en auraient pas voulu !

Nos bourlaki restaient stupéfaits, les bras ballants, jusqu'à ce qu'un contremaître leur criât :

— Qu'avez-vous à baguenauder ? Travaillez donc, fils de chiennes. Ces brigands-là sont toujours prêts à voler l'argent qu'on leur donne pour travailler.

Les bourlaki se grattaient la hanche, puis l'échine, et, ennuyés de s'entendre injurier, finissaient par prendre une hache et par se mettre au travail, ou du moins à ce qu'ils appelaient travail. Si l'un d'eux voit devant lui une belle planche et tous les autres ouvriers en train de faire des copeaux, il faut que lui aussi s'en mêle. Sans plus réfléchir il fend la planche et la massacre pour le simple plaisir de faire des copeaux. À son avis, ce travail ne le cède en rien à celui des autres.

— Brigand que tu es ! Pourquoi gâtes-tu ce bois ! Fichu fainéant ! s'écrie le contremaître. Pourquoi ne travailles-tu pas ?

Le bourlak, surpris, répond d'un ton innocent.

— Mais je travaille !

— Du bel ouvrage ! Cette planche est maintenant bonne à brûler, grâce à ta sacrée bêtise. Pose ta hache et viens m'aider à porter cette poutre !

Le bourlaki, persuadé qu'il est très utile, est blessé de s'entendre appeler fainéant et idiot ; il obéit pourtant au contremaître. D'autres bourlaki, curieux d'un nouveau travail, posent leurs haches et s'empressent auprès de la poutre. Ils se mettent cinq à la porter, mais quand il s'agit de l'ajuster, comme ils n'ont aucune idée de ce qu'il faut faire, ils pèsent dessus de toutes leurs forces. Le contremaître, furieux de leur maladresse, de leur stupidité et du temps perdu, les injurie de plus belle.

— Pas comme ça, imbéciles !

Il parvient enfin à mettre la poutre dans la bonne position.

— Maintenant, pesez !

Ils appuient tous à la fois avec tant d'entrain que la sueur leur ruisselle le long du front. Bien qu'ils n'aient pas la moindre idée de ce qu'ils font, ils trouvent ce travail fameux. On n'est pas plus bête !

Chaque bourlak est certain qu'il est le plus intelligent de tous les ouvriers ; et dans son for intérieur, il se figure que les contremaîtres ne sont que des gens querelleurs qui les taquinent sans motif. Ils ont déjà oublié leurs familles et leur hameau. Ils ne se rendent pas compte de leur position et restent incapables de déclarer s'ils sont heureux ou misérables. Ils n'ont du reste pas le temps d'analyser leurs sentiments, ne doivent-ils pas équarrir, fendre et tailler des poutres ? Le travail manuel ne dispose guère à des réflexions dont, au reste, ils sont parfaitement incapables... Ils n'ont que des sensations matérielles : la force, la fatigue, le plaisir du sommeil ; quant aux autres, il ne faut pas en parler.

Pila et Syssoïko, une fois arrivés à la fabrique, étaient devenus semblables aux autres ouvriers. On n'aurait rien pu dire de particulier sur leur compte, si ce n'est qu'ils étaient plus bêtes que tous leurs camarades.

Ils nageaient dans la félicité pure de manger à leur faim une nourriture qui leur semblait délicieuse. Pavel et Ivan étaient plus délurés que leurs aînés. Ils ne pouvaient bâcler autant de travail qu'un adulte, mais ils saisissaient du premier coup à quoi servait tel ou tel instrument. La destination des barques n'était plus un mystère pour eux. On leur donnait ordinairement des gaffes à écorcer, ou bien encore des crampons à fixer. Ce travail leur plaisait si fort qu'ils chassaient des ouvriers bien plus âgés qu'eux, mais moins adroits. Cela ne se faisait pas sans injures, bien entendu.

Les deux adolescents n'avaient maintenant plus aucun respect pour Pila : ils l'avaient en aussi piètre estime que les autres bourlaki, parmi lesquels ils n'admettaient pas de supérieur.

— Pachka, disait Ivan, ce sont tous des cochons.

— Ma foi, oui ! ils ne savent même pas travailler.

— Et le père ? C'est aussi un cochon.

— Syssoïko aussi. Nous ne sommes pas comme eux.

— Fichtre non !

Après une pause, c'était le tour de Pavel de dire à Ivan que tous les paysans, à commencer par leur père, étaient des cochons. Ils ne reconnaissaient nullement que cette épithète put s'adresser à eux. Ils ne s'expliquaient pas même comment une idée semblable avait pu se glisser dans leur cerveau ; ils avaient oublié qu'un jour le contremaître avait traité les paysans de verrats...

L'administration de la fabrique, en bas comme en haut, n'avait guère de ménagements pour les bourlaki qu'on lésait de toute manière, aussi nombre d'entre eux souffraient-ils de la faim. Les directeurs y trouvaient sans doute leur intérêt. Aussi ne s'inquiétaient-ils guère de ce que les bourlaki pouvaient bien penser. N'était-ce pas leur gent taillable et corvéable à merci ?

Que le paysan russe se taise ou jure, il n'ira jamais se plaindre : à qui se plaindrait-il du reste et qui entendrait sa prière ?

IV

La température est devenue plus douce. Le soleil brille plus clair et réchauffe quelque peu la terre : de petits ruisseaux d'eau, de neige fondue courent des collines vers la rivière : la terre perce en quelques endroits, brune.

Les barques sont achevées et pourtant les bourlaki travaillent encore. Il faut faire des rames, calfater les bateaux, etc.

Le travail est en pleine effervescence : deux mille ouvriers fourmillent sur la berge, auprès des barques. Malgré le vent et leurs vêtements d'indienne dépenaillés, il y en a qui suent dur.

Quand l'heure de manger arrive, les bourlaki s'asseyent n'importe où, sur les planches, sur la glace ; ils se régalent de soupe aux choux aigre (*chtchi*) et de viande filandreuse.

Pour la plupart, tête nue (quelques-uns pourtant gardent leurs bonnets), ils s'inquiètent peu du temps qu'il fait : ils mangent.

Le soleil éclaire d'une lumière affable les visages jaunes et scrofuleux de ces pauvres gens. Toutes les nations y sont représentées. Les Tartares, en grand nombre, font bande à part, comme les Tchérémisses, les Zyrianes, les Mordoviens, etc. On entend de toute part des dialectes gutturaux, mongols, sémitiques, étrangers aux oreilles européennes. Les Podlipovtsiens, réunis dans un coin, baragouinent avec vivacité. Les ouvriers sont gais, sans même qu'ils puissent se rendre compte de la cause de leur gaîté : il faut croire qu'ils se réjouissent de voir le bon soleil les réchauffer : ils le fixent longtemps, longtemps, à en avoir mal aux yeux, et rêvent vaguement... Pourquoi le soleil ne brille-t-il pas toujours ? Tantôt on ne le voit pas du tout, tantôt il ne se montre que pour se cacher aussitôt, le farceur !... Ces questions restent pendantes, car personne n'est là pour les résoudre.

Leur repas fini, les bourlaki retournent au travail, mais ils n'ont plus l'entrain du matin, leurs bras sont devenus paresseux et lents ; ils voudraient se coucher, s'étendre au soleil. Le soir venu, les paysans se rassemblent sur les barques, silencieux presque toujours. S'ils ouvrent la bouche, c'est pour parler de leur métier, ce sujet les rend bavards. Ils se demandent quand ils pourront toujours rester assis, sans avoir besoin de s'échiner à travailler, quand ils pourront manger à leur soûl, s'empiffrer comme ils le voudraient. Puis, ils chantent. Ils chantent longtemps, chacun dans leur langue, sans même comprendre le sens des rimes qu'ils alignent ; ils chantent parce que le cœur leur défaille, parce qu'ils sentent que cela les soulagent. Leurs rapsodies mélancoliques expriment leurs désirs, leur attente vague d'un avenir meilleur, la tristesse du présent. Il y a là de vrais musiciens, les uns jouent des airs gais, pleins de toute la vie dont sont capables ces gens-là ; d'autres, au contraire, pincent de la balalaïka (guitare à trois cordes), dont les sons tendres et tristes rendent bien les aspirations de tout ce peuple.

Seuls, les Tartares et les Zyrianes ne prennent pas part au concert des Slaves. Ils semblent dédaigner la musique qu'ils ne comprennent pas et préfèrent s'étendre à terre, impassibles comme de vrais Mahométans. Pourtant, pendant la journée, ils entonnent parfois une chanson tartare, mais les bourlaki russes se moquent d'eux. Leur rythme musical est si bizarre qu'il est bien fait pour étonner.

Quand il fait nuit noire, les bourlaki s'en vont coucher dans les barques vides, fatigués et la gorge sèche, à force d'avoir chanté. Ils posent sur le plancher humide le bissac qui renferme leur écuelle de bois, leur cuiller et leurs laptis, en un mot toutes leurs richesses et s'étendent sur le bois nu. Une fois couchés, ils s'endorment aussitôt.

V

Il fait de plus en plus chaud. La neige est presqu'entièrement fondue, et la glace de la rivière se couvre d'eau. Les barques sont terminées. On enlève maintenant les poutres et les planches, on déblaie le rivage des copeaux et des bûches qui l'encombrent et l'on avance les barques de toutes grandeurs au bord de la rivière, pour les charger de fonte et de fer. Le tapage des cris, des jurons, des chansons grandit encore, si c'est possible. Les bourlaki se hâtent, affairés, de traîner des saumons de fer, des feuilles de tôle, qui disparaissent dans le ventre rebondi des barques insatiables. Le travail du chargement est pénible ; aussi les surveillants de la fabrique crient-ils sans relâche, pestant contre les bourlaki qui gémissent tout bas, en traînant leur fardeau. Enfin, les barques sont pleines. Toutes sont prêtes à partir. Les câbles, les gaffes, les rames, les piques, les poutres sont rangés sur le pont des bateaux. On a déjà indiqué aux bourlaki la destination des produits qu'ils doivent accompagner. Les uns vont à Iélabouga, les autres à Sarapoula, d'autres enfin iront jusqu'à Saratov et descendent la Volga. Les prix diffèrent : on paie huit roubles jusqu'à Iélaboula, neuf jusqu'à Sarapoula. Ceux des bourlaki qui vont jusqu'à Nijni-Novgorod recevront dix roubles, enfin Saratov est le port le plus éloigné, et le mieux rétribué : quatorze roubles.

Comme la débâcle des glaces peut arriver d'un jour à l'autre, tout le monde doit être prêt. On a déjà choisi les pilotes, qui donnent aux bourlaki les instructions nécessaires : ils leur expliquent ce qu'ils doivent faire, quelle place ils doivent occuper, leur indiquent la besogne qui leur revient. Malgré leur amour pour l'inaction, les paysans ne restent pas les bras croisés : ils dégrossissent les rames à peine équarries, qui leur écorcheraient les mains dès le premier jour de la navigation. S'ils remarquent une fente au flanc du bateau, ils rabotent une planchette qu'ils fixent au moyen de clous ou de crampons. Chaque barque est couverte de ces reprises. Quoique neuves, elles ressemblent aux vêtements des ouvriers qui les ont construites. Chacune d'elles porte un numéro à l'avant, tandis qu'à l'arrière on a peint les lettres initiales de la fabrique à laquelle elle appartient. À l'avant flotte un petit drapeau aux couleurs de la fabrique. Entre les barques et les kolomenki, rebondies comme des rentières, se pavanent trois caravelles : au sommet de leurs mâts, flottent des drapeaux bariolés avec le nom de la fabrique.

Maintenant, les bourlaki se reposent. Ils chantent, mangent, badaudent le long des barques et surtout des caravelles, sur lesquelles doivent voyager les chefs. Comme les haleurs ont reçu un rouble cinquante kopecks en acompte, ils se promènent dans la fabrique, où ils achètent du pain, de la viande et des oignons. Quelques-uns, peu économes, se sont permis le luxe d'une balalaïka. Sur le rivage, dans d'immenses chaudrons que l'administration a prêtés, on cuit de la viande, des intestins de moutons que les bourlaki se partagent amicalement. Les haleurs, qui ne partent pas pour la première fois, savent que tous les produits de la fabrique se débitent à un bon prix dans les ports où ils doivent se rendre ; aussi, ceux qui ont deux ou trois roubles d'économies achètent-ils aux ouvriers des poêles à frire, des poêlons, des fers à repasser, qu'ils revendront avec bénéfice. Les plus industrieux ramassent les clous courbes, les crampons cassés, enfin, toute la ferraille que les autres dédaignent. Ce sera bon à vendre.

Nos Podlipovtsiens sont triomphants. Ils n'ont jamais vécu dans une société aussi nombreuse, aussi intéressante.

— Eh bien, dit Pila. Si je ne vous avais pas amenés ici, qu'auriez-vous fait là-bas ? Hein ! Quelle fameuse idée j'ai eue.

— Oui, c'est un bonheur que nous soyons venus.

— Et vous n'avez rien vu encore. Attendez, continue Pila.

— Si seulement Aproska était ici, dit Syssoïko d'un ton triste.

— Oui, il faudrait... il faudrait. Pila réfléchit profondément.

— Pourquoi n'y a-t-il pas de femmes ici ? demandent les autres Podlipovtsiens. Ce serait plus gai.

— Qu'est-ce qu'elles feraient ? Pour être bourlaki, les femmes ne vaudraient rien. On s'en passera.

Chacun d'eux attend avec impatience le moment de partir : c'est le sujet ordinaire de leur conversation. Pila leur explique qu'une fois dans l'eau les barques commenceront à courir si vite qu'on pourrait les rattraper avec peine, même avec un bon cheval. Il répète ce qu'il a entendu dire.

— Où courrons-nous comme ça ?

— Où ? Parbleu, on sait bien où. À quoi bon le demander.

Pila ne sait pas un traître mot du but de leur voyage, mais il ne veut pas perdre son prestige. Aussi se donne-t-il un air entendu et important.

— Comment la barque pourra-t-elle courir sur l'eau, maintenant qu'elle est pleine de fer, et que nous serons tant de monde.

— Nous courrons tout de même.

— On ne pourra pas la remuer ; il faudra attacher des chevaux, bien sûr.

— Essayez de raisonner avec un imbécile. Tous les soirs, c'était fête sur les barques...

Ces deux mille hommes s'égayaient dans l'attente du départ imminent. Ceux qui avaient de l'argent achetaient de l'eau-de-vie et, une fois ivres, dansaient sans relâche ou chantaient à tue-tête. Les Podlipovtsiens étaient tout joyeux.

— Tout de même, nous aurions dû prendre Matriona avec nous. C'est alors que la garce aurait regardé de tous ses yeux ! fait Pila.

Syssoïko soupire en pensant à Aproska ; puis, brusquement, crache de mépris et jure :

— Que toutes les femmes s'en aillent au diable !

— Maintenant, je ne retournerai jamais plus à Podlipnaïa, dit-il d'un ton de mauvaise humeur.

Pila est du même avis. Il vaut mieux rester ici : c'est bien plus amusant que de crever de faim au hameau.

L'usage du tabac n'est pas inconnu aux bourlaki. Beaucoup d'entre eux fument, dans des pipes courtes, du tabac mahorka qui donne une fumée nauséabonde.

Pila ne veut pas rester en arrière. Il s'est acheté une pipe qu'il suce continuellement. Syssoïko aussi. Tout d'abord, la fumée leur a fait mal au cœur, mais ils ne sont pas découragés. Ils ne savent pas pourquoi ils fument, car ils n'y trouvent aucun plaisir ; mais ils se figurent qu'ils ont l'air plus importants quand ils ont la pipe à la bouche. Ils se croient quelque chose. De grands enfants ! Tout leur semble plus gai et plus beau quand ils fument.

VI

L'eau couvre de plus en plus la glace qu'elle ronge et creuse sur les bords. Enfin, le moment est venu où il n'y a plus qu'à lâcher l'eau de l'étang pour que la débâcle commence.

On amarre à présent les barques avec de grosses cordes à d'énormes pieux, profondément fichés en terre, et qui doivent les retenir contre l'élan irrésistible du courant.

On lâche enfin les écluses.

Une vague énorme s'élève et l'eau se précipite hors de sa prison ; sa masse monstrueuse va emporter tout ce qui se trouve sur son passage. Le flot se soulève, comme pour rassembler ses forces et donner un coup décisif, et couvre la rivière tout entière... La glace, comme soulevée par une puissance cachée, se tord, s'agite et se crevasse. L'eau des écluses arrive à la rescousse, écumante, et pratique des brèches profondes dans la glace blanche. On ne remarque plus rien dans ce tourbillon d'un élément déchaîné. Des craquements terribles se font entendre. Les bourlaki, debout sur les barques, regardent, bouche béante, ce spectacle grandiose. Sur la berge, les ouvriers de la fabrique sont accourus et poussent des cris triomphants.

— Elle bouge ! elle bouge !...

Et une multitude de monnaies de cuivre pleuvent dans la rivière.

La glace tourne sur elle-même et prend une couleur sombre, menaçante. De nouveau un craquement se fait entendre... Tout le monde est haletant...

— Elle part !... La voilà partie !...

La glace vient, en effet, d'être jetée avec force contre la rive où elle se brise en glaçons qui s'amoncellent. La rivière est libre sur une assez grande étendue. Les craquements redoublent, et, l'un après l'autre, d'énormes glaçons s'en vont à la dérive. Les bourlaki sont tellement effrayés de tout le tapage que fait la rivière qu'ils tremblent. Beaucoup se signent. Ils croient que tout cela est l'œuvre d'une force impure. Leur frayeur redouble quand les barques commencent à se balancer.

— Libre !... La Tchoussovaïa est libre ! crient les ouvriers qui font pleuvoir de nouveau des monnaies de billon dans l'eau sombre.

— As-tu un kopeck ? demande une fille à sa compagne.

Celle-ci lui tend une pièce de valeur insignifiante qu'elle jette en marmottant quelques paroles.

Une croyance de cette contrée veut que, quand la débâcle des glaces a lieu, on jette une pièce de monnaie dans la rivière afin de ne pas s'y noyer dans l'année.

Les bourlaki se sont rassurés. Ils sont tout entiers à la joie de cet événement, que la plupart attendaient avec autant d'émotion que les fêtes de Pâques. La rivière mugit ; on entend toujours des craquements qui vont en s'éloignant avec un bruit sourd.

— Regarde, comme elle va lourdement cette glace !

— La voilà qui se fend !

— Tiens, cette barque qui descend !

— Empoignez-moi une gaffe et lestement, au lieu de rester ici à ne rien faire ! Flandrins que vous êtes. Je vous casserai la gueule. Que regardez-vous ? démons. Repoussez la glace, repoussez-la ! Sacrebleu ! jure le contremaître tout rouge.

Le dur, le pénible travail des bourlaki vient de commencer. Maintenant la sueur va couler le long de leur front, la fatigue va courber leurs échines.

L'eau arrive toujours en plus grande quantité. Pendant trois jours, elle ne fait que ronger la glace qui peu à peu se détache en énormes blocs et s'en va à la dérive. Les barques flottent déjà. Le tapage, les cris, les jurons ne cessent pas. Il s'agit maintenant de faire entrer les barques en pleine eau. On entend un commandement que répètent les pilotes, les uns après les autres.

— Pou-ousse !

Les bourlaki empoignent les gaffes, mais maladroitement.

— Pas comme ça ! Pas de ce bout !

— Lâchez le câble. Attache-le maintenant. Empelotonne-le, nom de Dieu ! Passe-moi l'amarre.

Les barques entrent de pointe dans la rivière : elles entrent en pleine eau.

— Ha-alte ! démons que vous êtes ! Halte ! Lance l'amarre sur

89

cette barque. Attache ! qu'as-tu à béer, crétin, pendard !

Les bourlaki épeurés couraient à droite et à gauche, exécuter les ordres du pilote, mais la besogne qu'ils faisaient ne valait pas le diable.

Les Podlipovtsiens sur la rive s'étonnaient que les barques fussent si vite entrées en pleine eau. Mais ce qui les rendait muets, c'était de voir toute cette glace si dure, si vite changée en eau. Leur cerveau étroit ne pouvait concevoir pareille chose.

La cale des barques était couverte d'un pied d'eau au moins. Dès que les pilotes s'en aperçurent, ils commandèrent de pomper.

— On calfatera plus tard les fuites d'eau, dirent-ils.

Pavel et Ivan, debout dans la cale, épuisent l'eau au moyen d'une grande écope, fixée par une corde au pont de la barque, et qu'ils font basculer, une fois qu'elle est pleine, par un sabord.

La glace qui venait, tout d'abord, d'amont en très grande quantité, diminue de plus en plus. Une question qui intéresse fort les bourlaki est de savoir où elle va. Après mûre réflexion, ils décident qu'elle doit aller dans la mer-océan, dont ils ont entendu vaguement parler. Chaque jour, il arrivait un grand nombre de barques, toutes portant un équipage de 50 à 80 bourlaki.

Les haleurs n'avaient plus rien à faire. Aussi restaient-ils couchés presque toute la journée : ils faisaient sécher les bandelettes (*onoutchki*) qui leur servent de bas, ou bien s'en allaient à la fabrique acheter du pain. Ils étaient dans l'expectative de quelque chose de miraculeux, d'effrayant même. Ils auraient tous voulu commencer leur voyage dont on racontait des horreurs qui les faisaient frissonner de plaisir.

Pila, Syssoïko et les deux gamins étaient désignés pour travailler sur une grande barque pontée (*kolomenka*) à fond plat, et dont la poupe et la proue allaient en s'unissant.

Syssoïko et Pila remplaçaient souvent Pavel et Ivan dans leur rôle d'écopeurs, car ils s'embêtaient à ne rien faire, et à rester couchés toute la journée. C'était moins par attachement ou par commisération qu'ils aidaient aux enfants que par désir de se dégourdir les bras. Le pilote trouvait que Pila était joliment sciant avec ses continuelles offres de service intempestives. Il n'avait qu'à ordonner aux bourlaki de tirer la gaffe, pour que Pila plantât là son travail et s'empressât auprès de ses camarades. Syssoïko, suivant l'exemple de son ami, volait sur ses traces et les voilà tous les deux en train de manier la gaffe. Comme ils ne savaient pas s'y prendre, le pilote les injuriait et les renvoyait. Pila, avec le plus beau sang-froid du monde, lui répondait :

— Eh bien, montre-nous comme il faut faire !...

Celui-ci, tout en bougonnant, leur expliquait la manœuvre.

Dix minutes après, pareille scène ; le pilote ordonne à un bourlak d'aller chercher un outil sur une barque. Pila quitte de nouveau son travail pour remplir cet ordre.

— Où vas-tu, démon ? lui crie le pilote. Mêle-toi de ce qui te regarde et reste tranquille.

— Avec ça que je ne puis pas faire deux choses à la fois.

Les injures, les conseils ne servaient à rien : Pila et Syssoïko n'en font qu'à leur tête. S'ils s'ennuient de rester les bras ballants, ils chassent Pavel et Ivan et écopent l'eau à leur place.

— Filez d'ici, morveux ! vous ne savez pas écoper comme il faut.

— Tu t'y connais, beau merle, répond crânement Ivan à son père. Fiche-moi la paix et ôte-toi de là.

— Imbécile, va t'amuser, répond tranquillement le père.

Les gamins auraient grande envie de planter là l'écope et de courir, mais pour taquiner leur père, ils persistent à vouloir travailler.

— Laisse-les tranquilles. Pourquoi les embêtes-tu ? Mêle-toi de ce qui te regarde, crie à Pila le contremaître étendu sur la barque en train de rêver doucement.

— Je veux aider les gamins, Térentytch ! Ne vois-tu pas que ce travail est trop pénible pour eux ?

— Tiens ! Voilà encore. Fallait pas qu'ils s'en mêlent, s'ils sont comme des poules !

— Ce sont mes fils, à moi !

— Je le sais bien, va, ne crois pas que je veuille te les prendre.

Le travail que Pila et Syssoïko désiraient si fort tâter, les ennuie déjà. Le dos, les bras leur font mal : Ils s'asseyent, essoufflés : si le pilote n'était pas là, ils poseraient bien vite l'écope pour s'étendre au soleil à se chauffer le ventre, mais celui-ci ne bouge pas.

— Qu'attendez-vous ? leur fait-il.

— Nous nous sommes assis, comme ça... pour souffler un peu.

— Attendez, je m'en vais vous donner du « comme ça » sur la gueule ! Au travail, et plus vite que ça !

Le pilote est un vieux marin d'eau douce qui, depuis quinze ans déjà, vogue sur la Tchoussovaïa et la Kama. Il n'y a pas un endroit dangereux de la rivière, pas un récif, pas un contour qui ne lui soit connu. Depuis six ans qu'il pilote les barques, il a eu le temps d'apprendre son métier ; aussi le paie-t-on bien, le vieux Térentytch. A bord de sa barque, c'est un homme important, car il répond du chargement, des bourlaki et de la barque. Ce qu'il accepte intact, il doit le rendre tel. On lui permet d'être despote à bord et d'agir comme bon lui semble, pourvu que la fabrique ne souffre pas de pertes.

Pila, en fin matois, comprend qu'il a un intérêt à se faufiler dans les bonnes grâces du vieux grognard. Il cherche à se faire bien voir, car c'est le seul moyen de n'être pas trop mal.

Il dédaigne ses camarades, qui ne peuvent lui être d'aucune utilité : ce sont des paysans comme lui. S'il arrive quelque malheur, on peut être flanqué à la porte, rien que pour avoir été en bonne camaraderie avec les délinquants. Pila ne voulait pas subir le sort des six bourlaki qui avaient été chassés pour avoir volé des saumons de fer.

Térentytch était un brave homme. Il se rappelait, chose rare, qu'il avait été bourlak lui-même. Aussi ne surchargeait-il jamais de travail ses subordonnés. Sa seule exigence était de voir ses ordres ponctuellement exécutés. Connaissant parfaitement son métier, il n'admettait pas de discussions et voulait que tout le monde travaillât avec autant d'ardeur et d'habileté que lui.

Pour mieux complaire au pilote, Pila ne se gênait nullement de noircir le plus possible ses camarades à ses yeux.

Le pilote s'était pris d'affection pour les Podlipovtsiens et chaque soir, accroupi au milieu d'eux, il les questionnait sur leur hameau ou leur racontait ses petites affaires.

— Vous avez bien fait de venir bourlaquer... Vous verrez un tas de villes dont vous n'avez pas idée, et puis vous vivrez bien mieux... Eh ! j'ai eu aussi mes malheurs, dans le temps. Je n'ai pas toujours été pilote. J'ai été un pauvre diable comme vous ; mais, gloire à

Dieu, mes affaires ne vont pas mal. L'hiver, quand je suis à la fabrique, j'ai ma femme pour me divertir ; l'été, je suis seul, mais c'est agréable de voyager. Pila l'écoute, bouche béante. Le tableau que lui peint le pilote le remplit d'envie.

— Toi aussi, continue Térentytch, quand tu auras navigué une dizaine d'années sur la Tchoussovaïa et la Kama, on te fera pilote, et tu pourras te reposer et vivre tranquille.

— Et maintenant, c'est impossible ?

— Farceur ! tu te moques de moi, tu ne sais même pas tenir une gaffe.

— Tu crois ?

— Essaie et tu m'en diras des nouvelles. Si tu crois que c'est facile d'être pilote, tu te trompes. Tiens ! la Tchoussovaïa, je la connais comme ma poche et pourtant je ne puis pas jurer qu'il n'arrive pas d'accident... Qui sait ? La Kolomenka peut se briser contre un rocher et couler à fond. Et c'est moi qui suis responsable !

Pila ne comprenait pas mieux pourquoi la barque pouvait couler qu'il ne comprenait pourquoi elle se tenait sur l'eau. Il communiqua à Térentytch les doutes qui tourmentaient sa cervelle épaisse. Le pilote lui expliqua tant bien que mal pratiquement que la barque était plus légère que l'eau de la rivière, malgré le lourd chargement qu'elle portait. Pila ne saisit pas grand'chose.

— Voyez-vous ça ! fit-il tout de même d'un air entendu... Sais-tu quoi, Térentytch, montre-moi ce qu'il faut faire pour devenir pilote, hein ?

— Je veux bien. Tu n'as qu'à rester près de moi et à regarder ce que je fais. Je t'apprendrai à tenir le gouvernail.

— Montre aussi à Syssoïko, dis !

— Oui, oui ! Seulement n'oublie pas de faire tout ce que je te commanderai.

— Ne crains rien. Si tu apprenais aussi aux gamins à tenir le gouvernail, tu serais bien gentil. Je voudrais qu'ils soient aussi pilotes.

— Tu exiges trop. Tes gamins sont trop jeunes. Laisse-les plutôt écoper : c'est moins dur. Comment veux-tu qu'ils parviennent à remuer cette poutre... Tu es sans pitié !

— Alors, sais-tu ? Térentytch, mets-les avec moi, hein ?

— Suis-je assez fou de parler sensément à un imbécile. Tu perds la tête, idiot ! ils n'ont pas assez de force pour travailler au gouvernail ou à la gaffe. Ils seraient bien vite malades. Ce serait du propre !

Térentytch plaisait beaucoup à Pila. Syssoïko, au contraire, ne pouvait pas le souffrir, sans même savoir pourquoi.

Les barques devaient bientôt descendre le courant. La rivière était libre ; aussi ne voulait-on pas laisser les bourlaki se dorloter. Tous attendaient avec impatience le commencement du départ. Ils se figurent qu'une fois en route, ils vont devenir riches. Voguez, voguez, pauvres gens ! à la recherche de la richesse. Vous aurez beau vous épuiser, vous ne la trouverez pas. Elle est sous vos pieds même, cette richesse tant désirée. Les barques en sont pleines, mais... mais elles ne vous sont pas destinées.

VII

Les commis recomptèrent les bourlaki : vingt-quatre d'entre eux s'étaient enfuis sans dire gare. Le métier ne leur plaisait pas.

Puis, on fit une nouvelle inspection des barques : tout était en ordre. On paya aux haleurs cinquante kopecks pour qu'ils puissent s'acheter du pain.

Le départ est enfin fixé. Les barques doivent se mettre en route le lendemain. Les commis donnent aux pilotes les dernières instructions concernant les barques et leur recommandent d'être prudents.

— As pas peur ! leur répond-on.

— Quant à vous, bourlaki, si vous avez le malheur de faire les mutins et les paresseux, nous vous chasserons sans vous payer un sou.

Les pauvres diables, tête nue, restèrent silencieux et ne faisaient que changer de position, avançant tantôt une jambe tantôt l'autre. Il y en avait qui se grattaient furieusement les hanches.

— Une fois à Perm, vous recevrez la moitié de votre gage !

Cette promesse, succédant à des menaces, plut fort aux haleurs. Ils firent un profond salut au commis, en le regardant humblement, comme pour lui dire :

— Tu es un brave homme. Seulement ne trompe pas des gens comme nous...

Les derniers préparatifs devaient être faits dans la soirée. Aussi, jusqu'à ce que la nuit fût tout à fait noire, ce fut un effarement, un va-et-vient continuel sur toutes les barques.

Selon leur habitude, les pilotes juraient comme des pendus.

Une fois libres, les bourlaki firent provision de pain et d'oignons. Ceux auxquels il resta quelque monnaie firent une bamboche à tout casser. La fabrique jubilait : tous les ouvriers avaient beaucoup de reconnaissances parmi les haleurs, qui régalaient en récompense de leur hospitalité passée.

Les Podlipovtsiens étaient ivres. Pavel et Ivan, ces deux gamins, avaient bu à eux deux toute une mesure d'eau-de-vie. Le pilote Térentytch, si sérieux d'ordinaire, titubait à ravir : il se vantait à haute voix d'être le patron d'une *kolomenka*, et de n'avoir pas son pareil sur toute la Tchoussovaïa et la Kama.

— Voilà six ans que je suis pilote, et je n'ai pas le moindre malheur à me reprocher. Qui peut m'en dire autant ? Qu'on me le montre ! Oui ! personne ne me va à la cheville... à la che... ville...

Les chants avinés et les danses sauvages ne cessèrent que tard dans la nuit après minuit... Beaucoup de bourlaki n'eurent pas même le temps de dormir, car à trois heures du matin le directeur de la fabrique arriva en voiture, accompagné du pope qui devait bénir les barques.

Le prêtre servit la messe sur une barque, qu'il aspergea d'eau bénite. À ce moment un coup de feu retentit, mille fois répété par les échos de la rivière. Les bourlaki tressaillirent. Une barque tira, puis une autre, puis toutes à la file... Il y avait beaucoup de monde sur la rive.

— Démarrez les câbles, et lestement.

Le commandement venait de la caravelle, montée par les commis de la fabrique.

Les bourlaki coururent comme des éperdus, d'une barque à l'autre, empoignant qui une rame, qui le gouvernail, qui un câble.

— Plus vite, donc ! crétins. Qu'attendez-vous ?

Les barques craquèrent, grincèrent... Un gémissement se fit entendre : il semblait qu'elles se plaignaient d'entreprendre un si long voyage.

Une première barque descendit le courant, doucement roulée de gauche à droite.

— Signez-vous, commandèrent les pilotes de toutes les barques.

Les bourlaki chrétiens firent trois grands signes de croix.

— Nagez !

Les bourlaki empoignèrent les grandes rames et se mirent en position.

— Naa-gez ! Naa-gez !

Les rames plongèrent dans l'eau et fendirent le courant.

Les barques descendaient maintenant la rivière d'abord l'une après l'autre, puis parallèlement... Le tour de celle des Podlipovtsiens allait venir.

Pila et Syssoïko restaient debout au milieu de la kolomenka, sans rien comprendre à ce qui se faisait autour d'eux.

— Syssoïko, fit Pila tout effrayé, en empoignant son camarade par le pan de sa pelisse.

— J'ai peur ! répondit celui-ci.

Les enfants de Pila cessèrent d'écoper l'eau. Serrés l'un contre l'autre, ils regardaient d'un air sauvage les barques qui s'éloignaient en tournoyant. Ils se cramponnaient aux touloupes de leur père et de Syssoïko.

— Eh, là-bas, les Podlipovtsiens, à la poupe ! leur cria le pilote Térentytch.

Les deux hommes s'approchèrent.

— Que bayez-vous là aux corneilles ? Filez dans la cale ! cria Térentytch à Pavel et Ivan. Vous autres, restez aux rames. Encore six ici ! Allons, plus vite ! ordonna le pilote en bourrant les bourlaki ahuris.

L'équipage se mit aux gaffes, sur lesquelles ils appuyaient ferme en chantant sur un motif monotone :

— « Tiro-ons ! tirons ! et d'une... ha... haaah ! » Sans cette mélodie triste et mélancolique, les bourlaki n'auraient jamais la force de mettre la barque en mouvement.

— Eh ! camarades, ne chiennez pas ! Pesez dur. Hein ! Vous auriez la tremblette si nous coulions à fond, dit le pilote avec un gros rire.

Les bourlaki tressaillirent. Pila se sentit frissonner. Tout pâle, il demanda à Térentytch d'un air anxieux :

— Pourquoi coulerions-nous ?

Le pilote ne répond pas. Il a bien d'autres choses à faire qu'à donner des explications à Pila. Il regarde encore une fois si tous les ordres sont remplis.

Le câble qui retient la barque est tendu. Les bourlaki sont à leur place. Les uns tiennent une rame, les autres sont aux gaffes... Tout est bien.

— Démarrez... commanda Térentytch.

La kolomenka, mise en mouvement par l'effort puissant des gaffeurs et des rameurs, entre dans le courant et tourne rapidement sur elle-même, mais, prise de travers, elle glisse, la poupe la première. On a oublié de détacher un câble.

— Crétins ! maudits ! canailles ! Je vous esquinterai ! hurle le pilote. Détachez l'amarre de l'avant... Vous à droite, nagez sur la rive... Toi, reste à la proue... Ne touchez pas à la corde...

Les bourlaki, sans comprendre, courent à droite, courent à gauche, les uns tirent à hue, les autres à dia. La sueur coule à grosses gouttes le long de leur visage, mais inutilement. La barque continue à voguer de travers.

— Nagez ! nagez à droite ! foutues bêtes, leur crie-t-on des autres barques.

Les railleries pleuvent sur les pauvres gens, qui n'en peuvent mais... La kolomenka, tout en grinçant et en se balançant, a parcouru déjà une distance convenable. La fabrique s'abaisse à l'horizon. Un vent vif évente brusquement le visage inondé de sueur des bourlaki. L'air devient plus frais.

— Halte ! commande le pilote.

Les haleurs cessent de ramer. Ils ont des cals et ampoules aux mains, mais la kolomenka descend le courant sans hésiter ni à droite, ni à gauche.

— Dieu merci, l'étrenne est bonne, fait Térentytch. Ce qui arrivera plus tard, je n'en sais rien.

Il se signe dévotement.

Les bourlaki suivent son exemple, puis, comme l'échine et les bras leur font mal, ils s'asseyent. Ils s'étonnent de voir la barque voguer, sans qu'ils aient besoin de peser sur les gaffes. Devant eux et derrière, se trouvent une quantité de barques, qui ont l'air de rester immobiles. Il leur semble que la rive, les arbres qui la couvrent, les rochers qui la bordent, s'enfuient bien loin derrière eux. Ils n'y comprennent rien. Mais le pilote ne les laisse pas longtemps les bras ballants. Il crie de nouveau :

— Tournez la poupe ! plus vite...

La barque fait un demi-tour.

— Ramez à droite vers la rive, où vous voyez ce flotteur. Si, seulement, nous pouvions ne pas le toucher.

Le lit de la Tchoussovaïa est excessivement rocailleux et son courant est si rapide qu'il jette souvent les barques contre les énormes rochers qui émergent hors de l'eau, au milieu de la rivière. Si la barque les heurte, elle se brise infailliblement et coule à fond.

Pour prévenir de semblables accidents, on fixe à ces récifs des flotteurs composés de trois poutres longues de vingt mètres et épaisses de cinquante centimètres, que des cordes relient entr'elles et qui forment un angle droit. Ils sont destinés à soutenir le choc des barques lancées par le courant contre les rochers. Quelque ingénieux que soient ces flotteurs, ils n'en sont pas moins d'une très petite utilité, car l'élan des barques les fait reculer fortement et le choc n'en a pas moins lieu.

Derrière ce flotteur, on voyait une masse noire menaçante.

— Ramez ! courage ! Si tout va bien, je paie de l'eau-de-vie.

Le travail recommence avec une ardeur sans pareille. Les rameurs, les gaffeurs s'acharnent à la peine. La barque grince, les planches gémissent, comme prenant part à l'effort général, et pressentent le danger. L'eau clapote contre les flancs de la barque, qui tourne lentement, les rames coupent les vagues en silence.

Tout le monde, éreinté, harassé de ce travail surhumain, regarde d'un air sauvage la masse noire qui grandit. Les bourlaki palpitent de frayeur et chacun prie mentalement la montagne de l'épargner :

— Aie pitié de moi, petite mère montagne. Le pilote, qui mesure à chaque instant le fond de la rivière, se signe à plusieurs reprises. Le danger est sérieux. On ne parle pas sur les barques...

La flottille double heureusement la pointe de la montagne qui la menace. Le pilote se signe encore une fois, mais avec un soupir de satisfaction :

— Lâchez tout, crie-t-il.

Les bourlaki, heureux de se sentir sains et saufs, se couchent sur le pont.

Ils voguent ainsi toute la journée.

C'est agréable pour eux de voir glisser les barques à la surface de l'eau. Les hommes, éreintés, réfléchissent vaguement au pénible travail qu'ils viennent d'entreprendre. Ils sont joyeux de descendre sans peine l'étendue d'eau qui s'ouvre, immense devant eux. Ils admirent un grand arbre qui grandit, grandit, puis disparaît en arrière. Une forêt se montre au loin. Un ruisseau se jette dans la rivière. À droite, dans la plaine, ils aperçoivent un hameau entouré de champs à la terre grisâtre. Voici un bourg avec une église de bois... Quels toits élevés ont les maisons. Ils sont tellement serrés que les maisons ont l'air de vouloir grimper les unes sur les autres. Puis, voilà des champs, des guérets entourés de claies... Un paysan passe dans sa télègue sur la route qui borde la rivière... À gauche, une forêt brûle et personne ne pense à l'éteindre... Que de bois perdu ! des paysans mènent des chevaux qui traînent péniblement de gros troncs d'arbres... Un bateau, dans lequel est assis un paysan avec sa femme, croise la flottille. Tout cela vogue, glisse, court, disparaît quelque part, au loin, bien loin... On salue de la rive les bourlaki :

— Eh ! bonjour ! honorables. Où le bon Dieu vous envoie-t-il ?

De temps à autre, les bourlaki font agir leurs rames et leurs gaffes. L'eau jaillit et clapote contre la barque qui grince sans interruption. Ces grincements ressemblent à des pleurs, aux pleurs des ouvriers.

Les bourlaki travaillent : leurs échines s'abaissent et se relèvent en cadence, pour se courber encore. Ils avancent lentement, pesamment, à pas fatigués, traînant d'une main dans l'eau la gaffe qu'ils vont plonger jusqu'au fond et sur laquelle ils appuient de toutes leurs forces, pour remonter encore. Ces gens se disent :

— Ah ! qu'il ferait bon être couché sur le dos, au bon petit soleil !

C'est la seule pensée dont ils soient capables. De grosses gouttes de sueur coulent dans les fils emmêlés de leur barbe, et tombent sur leurs rames ou sur leurs manches. Leurs chemises sont trempées et collent à la peau brûlante. Ils ne sentent pas bon... Et la barque continue à glisser : les forêts, les champs, les villages, les gens défilent et disparaissent comme dans un panorama mouvant.

Oh ! la dure, dure vie !

Seul, le soleil reste immobile et éclaire gaiement le monde du bon Dieu, mais lui aussi a sa route à parcourir. Il va se cacher derrière de gros nuages gris comme pour polissonner.

Un terrible rocher termine l'horizon. Il semble que la rivière finisse là, et que les barques doivent se briser en mille pièces contre la paroi redoutable... Mais l'une d'elles vient de disparaître. Une autre va droit contre le rocher... on entend un craquement sourd, un bruit effrayant, les cris désespérés des bourlaki... C'est à ne rien distinguer. On aperçoit seulement un grouillement confus d'hommes dans un canot, qui s'empresse de gagner la rive. La barque a disparu. Les bourlaki de la kolomenka Térentytch tressaillent et ouvrent de grands yeux. Ils regardent attentivement l'endroit redoutable.

— Empoignez les gaffes ! hurle le pilote. Gare !

Le tapage affairé recommence. Les injures pleuvent. Le rocher se dessine plus carrément sur le ciel, terrible. Les parois nues surplombent la rivière et paraissent vouloir écraser de leur masse imposante tout ce qui passe à distance.

— Ramez, ramez ! À droite en cadence !

Les bourlaki, harassés, épuisés, grommellent contre le pilote qui les injurie.

— Plus fort, plus fort ! Attention à la rive.

Térentytch donne lui-même l'exemple en ramant de toutes ses forces.

La barque évite le rocher, au pied duquel venait de sombrer une caravelle. Dans l'eau jusqu'aux genoux, des bourlaki naufragés supplient Térentytch de les sauver...

— Laisse-nous monter à ton bord ! crient-ils au pilote.

Celui-ci, sourd à leur prière, ordonne à ses haleurs de ramer plus fort.

— Plus fort, plus fort ! chiens que vous êtes.

— De grâce...

— Allez-vous-en au diable ! La place est trop dangereuse pour que je m'arrête.

La barque a contourné le rocher. Le silence qui régnait, un silence de mort, est rompu brusquement. Tous parlent à la fois :

— Voilà un malheur !

— Comme elle s'est brisée, disaient les bourlaki.

— Ils avaient pourtant deux pilotes.

— Qu'est-il donc arrivé ? demande à Térentytch, Pila, qui n'a rien compris.

— Il y a qu'une barque a sombré... Qui sait ? Il y a peut-être du monde de noyé. Une vraie malédiction ! marmotte le pilote entre ses dents.

Les conversations s'apaisent. Les barques voguent de nouveau en silence. De temps à autre une injure grossière éveille l'attention de tout le monde.

— Rustaud que tu es ! crie un pilote à celui d'une autre barque. Vire en plein ! ou tu vas me heurter.

La nuit tombe. Le grincement des barques, le clapotement sourd de l'eau contre les sabords deviennent de plus en plus plaintifs. Les bourlaki entonnent leur motif mélancolique :

— Tiro-ons ! tiro-ons ! et d'une ! haaah !

Dans la soirée, la kolomenka arriva dans un bourg, où elle devait passer la nuit. Elle se rangea auprès des autres barques déjà amarrées. Partout on ne parlait que du malheur de l'après dîner. Beaucoup de bourlaki auraient voulu remonter le long de la rive jusqu'au fatal rocher, pour voir l'endroit où la barque avait coulé et pour porter secours à leurs camarades en détresse. Mais ils étaient trop fatigués pour une si longue course. Ils préférèrent se reposer.

— Tu verras, nous crèverons ainsi, dit Syssoïko.

— Ne crains rien ! Nous avons un crâne pilote, lui répliqua Pila.

Les bourlaki, bien repus, allèrent se coucher dans la barque. Pendant leur sommeil, ils rêvèrent presque tous à la barque sombrée, aux cris des bourlaki. Leurs songes étaient effrayants et leur faisaient pousser des cris : ils croyaient rouler du haut d'un rocher dans la rivière.

Pendant la nuit, quelques bourlaki arrivèrent à pied. Ils racontèrent que deux hommes s'étaient noyés, que les pilotes s'étaient enfuis, de peur d'être mis en jugement.

À trois heures du matin, on démarra les câbles qui retenaient les barques à la rive, et les unes à la file des autres, elles descendirent le courant.

Combien n'en passe-t-il pas par an de ces barques sur la Tchoussovaïa ? Plus de dix mille travailleurs voguent sur cette rivière rapide, hérissée de rochers. Tout ce monde tremble de frayeur et supplie les parois redoutables devant lesquelles il passe, de ne pas les heurter.

— Je prierai le bon Dieu toute ma vie pour toi, mon joli petit rocher ! Prends de moi ce que tu veux ! seulement ne me tue pas !

La crainte les hébétait, mais une fois le danger passé, ils l'oubliaient.

Le soir même, on ne parlait plus, des péripéties de la journée, mais d'Iermak Timophiéiévitch, d'Iermak le brigand, ou bien les sons aigres du violon de la caravelle, sur laquelle messieurs les commis de la fabrique s'enivrent toute la journée, font retentir l'air.

Les bourlaki sont comme des enfants : il n'y a que le présent qui existe pour eux : le passé n'est plus, l'avenir est bien loin.

VIII

Pendant huit journées entières, les barques descendirent le courant avant d'arriver à la rivière Kama. Quand le soir venait, on amarrait les barques n'importe où, dans des villages, dans des hameaux, ou même aux arbres de la berge. La flottille faisait pourtant des haltes dans les bourgs pour acheter des provisions et du pain.

Je pourrais raconter ce qui se passa pendant ces huit journées, mais je prendrais une peine inutile, car elles ressemblèrent comme deux gouttes d'eau à la première. C'étaient les mêmes cris des pilotes, les mêmes chants des bourlaki, le même remue-ménage, les mêmes pensées vagues et tristes des travailleurs. La nature intéressait peu ces gens-là. Ils savent bien que s'ils voient un pays fertile, des champs bien tenus, des maisons proprement bâties, que rien de tout cela n'est fait pour eux, que leur destinée est de traverser ces contrées, sans s'y arrêter. Ce qu'ils désirent, c'est de manger à leur faim et de dormir au chaud. Leurs besoins sont bornés à ces deux choses. Ils espèrent, mais bien vaguement, qu'un jour leur position s'améliorera.

Le travail est si pénible que nombre de haleurs sont tombés malades. Le pilote vient à chaque instant dans la cale, où ils sont couchés sur des saumons de fer, pour les injurier et les envoyer sur le pont.

— Qu'avez-vous donc à dormir, fainéants !

— Oï, nous mourons ! gémissent les malades.

— Fichez-moi la paix ! Allons, au travail ! continue à beugler Térentytch.

Le pauvre bourlak est pourtant si malade qu'il ne peut remuer ni bras ni jambes.

Deux d'entr'eux sont morts. On les a enterrés dans un fossé, sur la rive, parce que c'est plus commode que d'avertir les autorités. Ce serait une perte de temps et d'argent : ne faudrait-il pas payer au prêtre pour l'office d'enterrement ? On les jette quelquefois dans la rivière avec une pierre au pied. On peut toujours dire qu'ils se sont enfuis. Les pilotes ont peur des autorités quelles qu'elles soient, parce qu'elles leur cherchent chicane pour se faire donner de l'argent. N'a-t-on pas prétendu quelquefois que les bourlaki avaient été tués par les pilotes ?

En les enterrant sans cérémonie sur la berge ou en les jetant à l'eau, on a rien à craindre.

Tout l'équipage sait qu'un homme est mort.

— Celui-là est heureux, au moins il ne souffrira plus.

Les bourlaki regrettent leur camarade, mais ils l'oublient le jour même. Seulement pendant la nuit, ils font des rêves effrayants. Et c'est tout !

Les barques et les kolomenka qui descendent la rivière s'arrêtent toujours près des fabriques et des bourgs, afin de se ravitailler.

Les commis délivrent aux bourlaki l'argent nécessaire pour acheter du pain.

Sitôt qu'une flottille de barques arrive dans un village, cela éveille une animation extraordinaire. Les haleurs achètent de la viande, des œufs, des oignons, des concombres, du pain, qu'ils acquièrent à un prix bien inférieur à celui existant pour les victuailles, dans les villages riverains de la Volga. C'est un plaisir pour tous ces pauvres diables, que se promener et d'acheter ce qui leur plaît. Ceux qui ont de l'argent reviennent toujours gris sur la barque.

Pila et Syssoïko s'approvisionnaient *gratis*, car ni l'un ni l'autre, pas plus que Pavel et Ivan, n'avaient la mauvaise habitude de payer ce qu'ils achetaient. Du reste, ils l'auraient voulu qu'ils n'avaient pas d'argent. La provision de pain qu'ils avaient faite, lors de leur départ de la fabrique, était épuisée depuis longtemps, car chacun d'eux mangeait au moins une grosse miche par jour. Quand ils n'en eurent plus du tout, ils se mirent à en voler aux autres bourlaki, qui s'apercevaient bien que leur pain disparaissait, sans toutefois qu'ils puissent découvrir le voleur.

Pila avait un grand talent pour s'en procurer gratis au marché des villages où leur flottille s'arrêtait pour se ravitailler. Comme partout, les revendeuses criaient à haute voix : « Du pain ! du pain ! » Pila s'approchait alors d'eux et prenait cinq ou six miches, tandis que Syssoïko se fournissait de concombres.

— Payez-moi maintenant, leur disait la marchande.

— Attends un instant. Je vais chercher l'argent sur la barque. Tu n'as rien à craindre, va, regarde un peu comme nous sommes nombreux ; je ne décamperai pas.

— Tu mens ! répliquait la marchande hésitante.

— Pourquoi ne veux-tu pas me croire ? Je t'assure que je t'apporterai ton argent dans un instant.

Pendant ce temps, d'autres acheteurs s'approchaient de l'étalage de la revendeuse et commençaient à marchander, Pila en profitait pour s'éclipser avec Syssoïko dans leur barque : ni vu ni connu. Une fois disparus, comment les rattraperait-on ?

Ils achetaient et payaient leur viande de la même manière.

Chaque fois que les bourlaki s'arrêtaient dans les ports, c'était pour eux comme une sorte de fête. Ils se bourraient d'abord de pain frais, avec une volupté ineffable. La ration ordinaire d'un paysan ne leur aurait pas suffi. Ils mangeaient souvent et beaucoup. Ils dévoraient une botte d'oignons en un clin d'œil, Quelquefois même cela ne leur suffisait pas, et ils en entamaient une seconde, puis ils bâfraient des concombres. Si la petite mesure qu'ils avaient achetée ne leur suffisait pas, ils en mendiaient encore aux autres. Enfin ils puisaient dans l'énorme chaudron où cuisait la soupe aux choux aigres une pleine écuellée, dans laquelle ils émiettaient du pain et versaient un peu d'eau de rivière pour en augmenter le volume. Un chaudron entier suffit à peine aux besoins de l'équipage, aussi quand il ne reste plus que des choux, ils le remplissent d'eau à nouveau et font bouillir ce résidu, qu'ils avalent goulûment. Et quelle soupe mangent-ils ? De la viande cuite avec de l'eau et des choux, sans la moindre pincée de sel,[1] sans aucun assaisonnement.

Les repas des bourlaki sont silencieux. Ils mangent tranquillement ; car ils sont trop occupés pour se quereller avec leurs voisins. Il est à remarquer qu'aucun d'eux n'envie la portion de son camarade.

Une foi repu, le haleur s'étend sur le dos et s'endort d'un sommeil profond, ou bien il raccommode ses sandales de bouleau. Rien de plus pittoresque que de voir ces braves gens allongés sur le pont de la barque : le vent leur souffle dans la barbe ou dans les cheveux, sans même qu'ils le remarquent. Le soir, les bourlaki valent la peine d'être vus. Ils chantent, dansent, jouent de l'accordéon, comme si le dur labeur de la journée était déjà oublié, comme s'ils se réjouissaient d'avoir échappé à un grand danger et de se sentir libres. Les pauvres diables ne pensent pas que le lendemain déjà il leur faudra peiner et ahaner...

Les bourlaki qui ont déjà navigué connaissent tous la chanson « En bas notre petite mère la Volga » que l'on entonne souvent sur trois, cinq et même six barques à la fois. Ce chant a un attrait particulier pour les bourlaki.

Ils ne savent expliquer leurs sentiments, mais ils trouvent que c'est une belle chanson, si belle qu'il n'y en a pas de meilleure au monde.

Pavel et Ivan se trouvaient comme des coqs en pâte au milieu des bourlaki. Leur travail n'avait rien de trop pénible, et, dans leurs rares loisirs, ils trouvaient toujours un sujet de conversation qui les intéressait et les entraînait à des discussions amusantes par leur naïveté.

— Écoute un peu comme le pilote braille !

— Oui ! il a une voix fameuse ! Il peut bien gueuler !

Les gamins éclatent de rire.

---

[1] Il ne faut pas oublier qu'à cette époque (1858) la gabelle existait encore en Russie. Elle a été abolie en 1881 par le ministre des Finances Bunge. (Note du trad.)

— C'est après cette canaille de Syssoïko qu'il jure !
— Qu'il l'habille tant qu'il voudra, c'est bien fait, il le mérite.
— Dis donc, on ne nous engueule pas si souvent, nous autres !
— Pourquoi t'a-t-il rossé hier ?
— Ferme ton bec ! C'est toi qu'il a battu.
— Pacha, pourquoi la barque piaule-t-elle ainsi ?
— Je n'en sais rien.
— Les paysans ont joliment de peine à la faire manœuvrer, pas vrai ?
— Ça ne nous regarde pas, notre affaire est d'écoper l'eau. Mais voilà, plus on puise, plus il y en a : c'est embêtant !
— Sais-tu quoi ? Faisons un trou à la barque, alors toute cette eau s'en ira.
— Imbécile ! C'est justement parce qu'il y a des trous à la barque que l'eau entre. Si on faisait seulement un trou à la barque, nous nous noierions.
— Dis donc ! Notre père est un voleur. Regarde un peu combien il a chipé de pain.
— Rossons-le.
— Oh ! Vanka, il est trop fort ! Il nous assommerait de coups. Syssoïko n'est seulement pas la moitié aussi fort que lui.
— Belle affaire. Syssoïko n'est qu'un gros pataud. Moi, je n'ai pas peur de lui, vrai !
— Allons nous coucher.
— Non, faisons plutôt des barques sur l'eau.
— C'est ça.

Les gamins jettent dans la rivière des copeaux qui surnagent sans bouger de place. Ils aimeraient bien savoir s'ils descendront la rivière ou non.

Quand ce jeu les a lassés, une nouvelle idée leur vient :

— Lavons-nous !

Ils se lavent avec l'eau sale qui couvre le fond de la barque. Le lecteur s'étonnera peut-être que Pavel et Ivan se lavent dans de l'eau sale, quand ils pourraient se baigner dans la rivière ; aussi faut-il dire, à leur justification, qu'ils étaient écopeurs et qu'ils n'avaient pas le temps de courir sur la rive pour remplir un seau propre.

Et puis ils étaient encore trop bêtes pour avoir l'idée d'en tirer avec un seau. Ils se disaient probablement :

— Puisque nous avons de l'eau devant nous, lavons-nous ! À quoi bon en aller chercher plus loin !

Mais ce qui les intéressait le plus, c'était de savoir si la barque marchait ou non.

— Regarde un peu, Pacha, comme la forêt court vite.

— Je le vois parbleu bien.

— Et la barque ne bouge pas.

— Menteur ! La barque court aussi, comme la forêt.

— C'est drôle ! Hein ? Pourquoi est-ce que la barque court ? Personne ne la traîne pourtant.

— C'est vrai ça !

Ils ne devaient compter que sur leurs propres forces, car il ne fallait pas songer à demander des éclaircissements aux bourlaki, qui n'en savaient pas plus long qu'eux sur ce sujet. Ils firent des expériences : tout d'abord ils jetèrent une grosse planche à l'eau ; la planche surnagea et vogua à la dérive. Ils jetèrent une pierre : la pierre disparut. Ils enfoncèrent une pique dans l'eau ; ils sentirent qu'une force invisible l'entraînait et s'efforçait de l'arracher de leurs mains.

— Quelle force !

— C'est elle qui nous pousse.

— Entrons dans l'eau, veux-tu ? Nous verrons si nous surnagerons.

Aussitôt dit, aussitôt fait. Quand ils eurent de l'eau jusqu'aux genoux, ils sentirent de nouveau la même force qui les faisait trébucher et les entraînait.

Ils seraient entrés plus avant dans la rivière si le pilote, qui les aperçut, ne leur avait pas crié :

— Eh bien, gredins, vous voulez vous noyer ?

— Nous ne voulons pas nous noyer, petit oncle. Nous sommes entrés, comme ça, pour voir.

— Je vous en donnerai du « comme ça ». Si vous étiez allés un peu plus loin, vous auriez bu pour la dernière fois à la grande tasse.

Une fois qu'ils furent sortis de l'eau, le pilote leur expliqua qu'il y a des gens qui ne se noient pas parce qu'ils savent se soutenir sur l'eau en nageant. Les gamins ne le crurent pas et le tinrent désormais pour un menteur.

Au confluent de la Sylva et de la Tchoussovaïa, nos bourlaki rencontrèrent beaucoup de barques qui venaient d'autres fabriques et qui descendaient aussi la rivière.

Le désir manifeste de tout le monde était d'arriver enfin sur la Kama, où la navigation n'est pas dangereuse, et où les haleurs n'ont rien à faire qu'à se laisser descendre tout doucement. Les bourlaki, qui avaient déjà vu ce fleuve, racontaient à leurs camarades combien il était large et tumultueux. C'était bien autre chose que tout ce qu'ils avaient vu jusqu'alors. Les novices, en fait de voyages, écoutaient bouche béante et se figuraient Dieu sait quoi, car toutes les rivières qu'ils avaient vues se jetaient dans la Kama. Seul, Pila restait sceptique et leur disait :

— Nous la connaissons votre Kama. Elle ne passe pas loin de Podlipnaïa ; elle est toute petite et pleine de petits poissons.

À quoi les autres lui répliquaient :

— Tu ne la connais pas, menteur. Ici, c'est autre chose. Elle est sans fin et les poissons qui sont dedans mangent les hommes.

IX

Les barques arrivèrent à l'embouchure de la Tchoussovaïa, en face du village. Elles étaient si nombreuses qu'elles barrèrent toute la rivière qui, pourtant, en cet endroit, est très large et très profonde. La pauvre Tchoussovaïa semblait être un ruisseau en comparaison de la majestueuse Kama, qui est quatre fois plus large et plus profonde qu'elle. Les rives des deux rivières, à leur confluent, sont excessivement basses.

Les bourlaki se réjouirent.

— Regardez un peu cette Kama ! Comme elle est large.

— Une fameuse rivière ! On n'en voit pas les bords.

— Oh ! oh ! Toutes les autres rivières, même la Tchoussovaïa, ne sont que de la petite bière quand on voit notre petite mère la Kama.

— Une vraie petite mère, il n'y a pas à dire, car, au moins, elle ne fait de mal à personne... Il y a un an, pourtant, il y a eu un malheur ici. Des barques allaient à Perm, et ont rencontré de la glace... Chaque fois qu'une barque y touchait, crac !... Elle coulait à fond. Combien s'en est-il perdu alors de barques ?

— Et maintenant ?

— Oh ! maintenant il n'y a rien à craindre. Seulement nous resterons ici quelque temps, il faut savoir si la débâcle a déjà eu lieu.

— On dit au village que la glace a passé il y a quelques jours.

Pendant deux jours, les barques restèrent amarrées à l'embouchure. Les bourlaki employèrent ce temps-là à dormir. Le pilote prit avec lui Pila, Syssoïko et les gamins chez un parent qu'il avait dans le village. Ils dînèrent là copieusement, et s'en furent ensuite au bain où ils s'étuvèrent consciencieusement. Le pilote se fit beau comme tous ses camarades, qui se promenaient en chemises rouges et buvaient de l'eau-de-vie d'un air crâne. Il y avait de la gaieté dans l'air : les uns fumaient du tabac mahorka ou, ivres, chantaient à tue-tête.

— Allons, enfants ! Nous sommes arrivés à la Kama ; maintenant tout ira comme sur des roulettes, dit Térentytch aux Podlipovtsiens.

— Oui ! c'est fameux maintenant, répondirent les bourlaki.

— Et c'est moi qui vous ai conduits ! Vous devez prier le bon Dieu pour moi ; vous me devez un fier cierge. Sans moi, vous ne seriez pas ici.

— Est-ce que nous irons encore loin d'ici ?

— Oh ! oh ! il nous reste encore deux fois autant de chemin que nous en avons fait.

— Est-ce plus loin que notre village ?

— Quel village ?

— Podlipnaïa.

— Quel Podlipnaïa ? tu veux dire Tcherdyne.

Pila, intimidé par l'assurance de Térentytch, répondit en hésitant :

— Oui, Tcherdyne.

— Eh bien ! Il y aura à pied une semaine de marche.

— Blagueur ! nous avons mis plus d'un mois à venir. Nous sommes allés à Oussolié. Quand nous sommes partis, c'était l'hiver et nous sommes arrivés à la fabrique, qu'il faisait déjà chaud.

— Vous avez fait un grand détour inutile. Vous deviez aller jusqu'à Perm et vous louer sur un bateau à vapeur.

— Est-ce que ça serait mieux ?

— Parbleu. Je connais bien la Kama et j'ai été cinq ans bourlak sur la Volga. Si je n'étais pas tombé malade cet hiver, j'aurais pris du service sur un bateau à vapeur.

— Et fait-il bon vivre sur ces bateaux à vapeur ?

— Bien meilleur qu'ici : on travaille moins.

— Alors prends-nous avec toi.

— Je veux bien, moi. Je vous donnerai du travail.

Ainsi Pila et Syssoïko se proposaient de s'engager sur un bateau à vapeur, sans même savoir ce que c'étaient que ces animaux-là, car ils ignoraient ce que c'était que la vapeur.

Les barques entrèrent dans le courant de la Kama qui mugissait furieuse. Un vent aigu soufflait du sud, accompagné d'une forte pluie. Les bourlaki se sentaient transis jusqu'à la moelle des os. Les barques dansaient sur les hautes vagues qui étonnaient fort les Podlipovtsiens.

— Eh ! regardez un peu celle-là ; elle est comme une montagne ! Oh ! comme elle s'est brisée ! Tiens, voilà qui est drôle ! Ça fait joliment du tapage.

Les barques filaient à la dérive. Mais ce ne fut qu'une alerte, le temps se calma et comme le courant était bon, ils n'eurent pas plus d'une heure de travail. Ils n'eurent pas besoin de ramer. Ç'aurait été même peine perdue, car ils ne faisaient que de tremper leurs rames dans l'eau, sans pouvoir peser sur elles, tant le courant les entraînait rapidement. Quelquefois même les vagues étaient si fortes qu'avec leurs longues rames, ils ne pouvaient pas atteindre la surface de l'eau. Les pilotes, enfin, ordonnèrent de mettre de côté les rames ; les barques allaient droit au milieu de la rivière.

La flottille avait déjà dépassé deux îles : aussi les bourlaki pouvaient dormir bientôt deux heures. Ils devaient arriver à l'île de Motovilihinski... de là à Perm, il n'y a que deux verstes.

Les Podlipovtsiens étaient tous à l'arrière, à l'exception d'Iolkine qui était malade. La pluie et le vent avaient aussi joliment harassé

Pila et Syssoïko ; ils grelottaient de froid. Cela les ennuyait de rester sur le pont, mais le pilote ne les laissait pas entrer dans l'intérieur de la barque.

— Reste donc tranquille. Tu n'as pas longtemps à attendre avant d'arriver à Perm. Tu pourras y dormir tant que tu voudras.

Pila entraîna pourtant Syssoïko à l'intérieur de la barque ; ils s'étendirent sur les saumons de fer. Leurs dents claquaient. Sept bourlaki se trouvaient déjà dans la cale.

— Que Térentytch s'en aille au diable ! Je ne veux plus travailler ! dit Pila.

— On dit que la ville est bientôt là.

— Moi, je ne remonte pas ! Ça m'embête trop ! Je suis trempé jusqu'aux os. Oh ! la sale pluie !... Nous mourrons pour sûr, si nous restons ici.

— Et le pilote qui dit qu'il est un crâne gaillard. Avec ça que la barque ne descend pas la rivière toute seule.

— Écoute-le seulement ; c'est le plus grand menteur que je connaisse.

— Je m'en fiche de votre pilote ! dit un bourlak mécontent.

— Oui ! il aime trop à brailler ! S'il nous engueule encore, nous n'irons pas sur le pont.

— Oui ! mais tenez bon : ne changeons pas d'idée.

— Il dit que la ville n'est pas loin, mais je suis sûr qu'il ment. Il ne fait que nous tromper.

— Et s'il nous tombe dessus, que ferez-vous ? dit Pavel.

— Défendez-vous, gamins. S'il a le malheur de te toucher, je lui ferai voir trente-six étoiles. Oh ! je lui en donnerai ! gronda Pila.

— Il dit qu'il nous chassera.

— Le beau merle ! Et tu crois qu'il me fera peur, à moi qui ai tué huit ours...

— Le pilote dit qu'on nous paiera sitôt que nous arriverons en ville.

— Il le faudra bien... Il n'aurait qu'à essayer de ne pas nous payer.

— Eh ! démons que vous êtes ! Où êtes-vous cachés ! cria tout à coup le pilote.

Pila et Syssoïko ne bougeaient pas. Pavel et Ivan cessèrent d'écoper l'eau.

Le pilote les injuria. À quoi Pila et Syssoïko ne répondirent que par de grands éclats de rire : s'il croyait qu'il leur faisait peur ! Le pilote entra alors dans la cale, suivi de vingt, bourlaki :

— Allons ! levez-vous et lestement !

— N'écoutez pas ce diable-là ! Il vous mènera en enfer ! cria Pila aux camarades, qui se couchèrent sur les planches de la cale.

Le pilote eut un mouvement d'impatience.

— Eh bien, maudits ! N'avez-vous pas entendu ce que je vous ai ordonné.

Les bourlaki, au lieu d'obéir, se tenaient les côtes de rire.

— Tapez dessus ! rossez-le ! Pila continuait à crier à ses camarades.

Ils trouvaient très amusant d'agir une fois à leur guise.

Le pilote se jeta sur lui à bras raccourcis et lui bourra la figure à coups de poing. Quelques bourlaki se levèrent pour le défendre.

— Puisque vous ne voulez pas m'écouter, moi le maître, alors fichez-moi le camp d'ici !

— Oui, paie-nous ! soutinrent les autres bourlaki.

Le pilote eut peur. Les ouvriers étaient montés contre lui et pas un d'eux ne se décidait à quitter la cale.

— Ils pourraient me tuer ! pensa-t-il.

Il ne se trompait pas, car une fois révoltés les paysans sont capables de tout. Aussi jugea-t-il nécessaire de les prendre par la douceur.

— Allons, petits frères, pourquoi vous fâchez-vous ! Est-ce que je vous ai lésés ?

— Oui ! mais si tu veux nous payer tout de suite, nous t'obéirons et nous travaillerons.

— Laissez-moi au moins arriver jusqu'à la ville.

— Montre-la nous, ta ville !

— Nous y serons tout de suite. Tenez, elle est derrière cette pointe.

Les bourlaki ne se décidaient toujours pas à monter sur le pont. Le pilote sortit.

— Hein, est-ce que je ne suis pas un gaillard ! se vanta Pila. Qu'il travaille tout seul, le démon !...

— À quoi bon travailler, puisque la barque va bien sans nous, remarquèrent les bourlaki.

Le pilote ne savait trop que faire. S'il effrayait les bourlaki, ils se mettraient en colère et le tueraient peut-être. S'il essayait de les tromper, ils ne le croiraient pas. Il restait indécis avec trois bourlaki qui ne l'avaient pas abandonné. Il résolut de les menacer de la prison, et redescendit dans la cale d'un air d'assurance.

— Écoutez, camarades, si vous ne voulez pas travailler, je me plaindrai aux autorités et on vous mettra en prison.

— Oh ! oh ! tu es bien pressé, dit Pila, on ne t'écoutera pas si facilement, je sais ce que c'est. J'y ai été, moi !

— Puisque tu sais ce que c'est, tu as bien envie d'y retourner, n'est-ce pas ? Prends garde.

— Ce n'est pas toi qui m'y ramèneras.

Quelques bourlaki entourèrent Pila.

— Tu as été en prison, petit père ?

— Oui.

— Alors, tu t'en es enfui ?

— Oui !... c'est-à-dire non ! On m'y a battu et Syssoïko aussi.

— Pourquoi t'avait-on mis dedans ? Est-ce que tu avais tué quelqu'un, dis ?

Pila se fâcha et garda le silence. Comment osait-on le prendre pour un brigand. Térentytch profita de la situation :

— Oui ! si je le connais ! c'est un assassin. Défiez-vous de lui, camarades !

— Il est capable de nous tuer ! réfléchirent quelques bourlaki qui remontèrent aussitôt sur le pont.

Les autres, effrayés, les suivirent, accompagnés du pilote triomphant :

— Vous voyez ! disait-il, vous écoutiez une canaille pareille !

— Il nous tuera...

— Moi aussi, je m'en vais avec eux, dit Syssoïko qui s'ennuyait de rester étendu sur le fer.

— Que l'enfer t'écrase.

— Viens aussi que je te dis !

— Va-t'en à tous les diables ! Dors plutôt.

Ivan et Pavel se moquaient de Pila et de Syssoïko.

— Pachka ! tape sur Syssoïko !

— Syssoïko ! tape sur le père !

Celui-ci, furieux, leur cria :

— Attendez ! je vais vous rosser ! Venez un peu ici.

Ivan s'approcha de Pila et le tira par sa pelisse ! Pila l'empoigna par les cheveux et le secoua solidement. Pavel vint au secours d'Ivan, mais son père le rossa aussi.

Syssoïko remonta sur le pont. La ville se montrait au loin.

— Petit père ! regarde un peu là-bas ! cria Ivan à Pila.

Il ne lui gardait aucune rancune des coups qu'il avait reçus.

Il venait d'apercevoir la ville par un sabord.

Pila sourit et donna un coup de coude à Iolka qui gisait à côté de lui.

— Allons, lève-toi, nous sommes déjà arrivés à Perm.

— Oï ! laisse-moi, gémit Iolka.

Pila remonta sur le pont. Tous les bourlaki regardaient avec admiration la ville qui devenait de plus en plus distincte.

— Oh ! comme c'est beau ! Aï da ! Perm, notre petite mère ! Voilà une ville, une vraie ville ! Que de maisons blanches, que d'églises !... Et puis quelle masse de barques et de bateaux !

Le fleuve avait en cet endroit plus d'un kilomètre de largeur et paraissait encore plus grand dans le lointain. Quelque chose comme une barre noire le terminait à l'horizon.

Le soleil regardait curieusement cette scène, mais il se cacha bientôt.

— Nage ! ordonna le pilote.

L'ennuyeux travail commença, Pila et Syssoïko empoignèrent une gaffe.

— N'y touche pas ! dit un bourlaki à Pila, en lui donnant une bourrade pour l'écarter.

— Pousse voir, que je te pende. Ne vois-tu pas la ville ?

— Touchez dessus !

— Je t'en foutrai... Je te flanque à l'eau.

— Allons, ramez ! ramez ! Qu'avez-vous à vous injurier. Êtes-vous bêtes de croire tout ce qu'on dit ! dit le pilote en prenant le parti des Podlipovtsiens, ils ne sont pas plus des assassins que vous et moi.

Pila et Syssoïko ne pouvaient comprendre quelle mouche avait piqué les bourlaki : ils commencèrent à les détester.

Les bourlaki se remettent au travail, l'échine pliée, et plongent dans l'eau leurs rames pour les relever en cadence. On n'entend d'autre bruit que celui de leurs pas pesants quand ils retournent à l'avant pour faire avancer la barque qui crie, grince, gémit. À quoi ils pensent, Dieu seul le sait. Ils regardent la ville qui s'approche et qui grandit. Leurs visages expriment un désir anxieux, indéterminé, vague, qu'ils ne peuvent communiquer à leurs camarades, car ils n'en ont pas eux-mêmes conscience. Seul le pilote, au milieu du pont, regarde la ville d'un air important qui veut dire : Ça me connaît !

— Lâchez les rames ! Lâchez les gaffes !... Ramez vers la rive.

La ville est très près maintenant. On voit au bord du rivage des barques, des kolomenki, des caravelles aux mâts ornés de pommeaux et de drapeaux. On distingue aussi deux bateaux à vapeur, dont l'un quitte le port : il passe devant la barque de Térentytch avec deux kolomenki qu'il remorque et lâche un coup de sifflet étourdissant, comme pour dire aux simples barques ; « Ôtez-vous de mon chemin, petites saletés que vous êtes ! » Les bourlaki regardent le bateau à vapeur comme une merveille : surtout ceux qui en voient un pour la première fois. Ce qui les amuse le plus, ce sont les roues, la fumée, les coups de sifflet. Ils ne peuvent pas comprendre comment il peut remonter la rivière, et comment il peut traîner deux énormes barques plus grosses que lui. La fumée les intrigue fort : elle sort en nuages épais de la cheminée, toute noire.

— Quelle drôle de machine ! Elle hennit comme un cheval !

— C'est le diable !

— Pour sûr ! consentent les bourlaki.

— Bêta ! C'est un bateau à vapeur avec des passagers.

— Regarde un peu comme il rame avec ses roues... Ah ! que le diable l'emporte.

Un coup de sifflet retentit encore. Les bourlaki tremblent de frayeur.

— Il me fait peur, c'est un « forçat ! » vrai.

Le pilote se moque des bourlaki.

— Idiots ! Vous ne comprenez rien ! Faut-il être bête !... Il n'y a point de diable du tout... C'est la vapeur qui le fait aller, c'est pourquoi on l'appelle bateau à vapeur.

Les bourlaki pouffèrent de rire. Ce que leur disait le pilote leur semblait par trop drôle.

— Oui ! il y a des gros chaudrons avec une grande fournaise qui mange vingt toises cubes de bois par jour.

Les bourlaki ne cessent pas de rire :

— Et pourquoi qu'il mange du bois ! hein, diable ?

— Parce que c'est un bateau à vapeur... que la vapeur fait marcher.

— Farceur, va ! Hein ! se moque-t-il de nous avec sa vapeur ?

— Là, dans ce bateau, il y a des machines qui marchent toutes seules.

— Vraiment ?

Et les rires redoublent.

— J'en jure par le Seigneur et par ma foi.

— Elles marchent toutes seules ?

— Oui ! Les gens ne font que jeter du bois dans la fournaise, et puis il y a un machiniste qui surveille la machine.

— Alors il court tout seul, son bateau à vapeur ?

— Oh ! Que vous êtes brutes, vous ne comprenez rien, imbéciles ! dit le pilote impatienté en crachant de mépris. Vous mériteriez que je vous mente ; vrai, vous le mériteriez !

— S'il marche tout seul, pourquoi ne voit-on pas de rames ?

Le pilote fit un geste de la main. Il renonçait à faire entrer un rayon de lumière dans ces crânes obscurs. Aussitôt il tourna sur ses talons.

Quand il fut loin :

— Quel farceur que notre pilote, hein ! dirent les bourlaki. Comme il aime à mentir ! Est-il fort de nous raconter que ce bateau marche tout seul ! continuaient-ils en riant.

Les barques abordèrent au port, près du bureau de poste. Le long

LIVRE DEUXIÈME. LES BOURLAKI

de la rive, il y avait déjà une vingtaine de barques rangées, dont les bourlaki se promenaient sur le port ou allaient en ville sur la montagne. Là se promenaient les habitants de Perm, dont la vue intéressa fort nos Podlipovtsiens, qui discutèrent un instant pour savoir s'ils iraient en ville. Comme ils n'avaient pas d'argent, ils résolurent de rester sur les barques et de se coucher. Il était déjà tard. Nos bourlaki mangèrent leurs chtchi à l'eau et se couchèrent, mais sans pouvoir s'endormir. Les bateaux à vapeur et le beau monde de Perm les amusaient trop. On échangeait les conversations suivantes :

— Oui ! nous voilà maintenant arrivés à Perm. Reposons-nous. Nous n'en verrons pas souvent des villes pareilles.

— Oh ! Nijni-Novgorod est encore bien plus beau ! Les maisons y sont énormes ; Perm est une toute petite ville en comparaison de Nijni.

— On dit que c'est une ville de gouvernement, et que toutes les hautes autorités y demeurent : des gens effroyables... qui commandent à toutes les autres villes.

— Tu mens ! Tcherdyne n'obéit pas à ces gens-là.

— Si, Tcherdyne leur obéit.

— Et Podlipnaïa ?

— Podlipnaïa aussi.

— Alors, tu es le plus grand menteur que je connaisse. Personne ne nous a jamais rien commandé que le pope et le stanovoï.

— Alors tu es de Viatka.

— Moi ? de Viatka ! Je t'en ficherai du Viatka ! Viatka toi-même.

Les barques arrivaient les unes après les autres et se rangeaient le long de la rive. Des soldats, appartenant au poste du port qui relève directement du ministère des voies de communication, les visitaient l'une après l'autre. Ils examinaient les passeports et comptaient les bourlaki, cherchant chicane aux pilotes à cause des malades. Ils ne se turent que quand ceux-ci leur glissèrent dans la main une somme qui devait leur fermer les yeux sur les irrégularités qui pourraient se rencontrer.

Le premier jour sembla fort long aux bourlaki, mais comme ils étaient tous harassés, ils s'endormirent de bonne heure. Quelques-uns d'entre eux allèrent cependant voir la ville. Pendant la nuit, d'autres barques arrivèrent. Les bourlaki nouveaux venus faisaient tant de bruit qu'ils empêchèrent à tout le monde de fermer l'œil. Quand ils traversaient les barques pour aller jusque sur le rivage, ils marchaient sur les pieds des bourlaki allongés sur le pont. Ceux-ci les injuriaient.

X

Le lendemain à midi, les bourlaki reçurent chacun cinquante kopecks. Quelques-uns de ceux qui avaient été en ville avaient réussi à vendre les poêles à frire, les casseroles et autres menus objets en fer qu'ils avaient apportés avec eux. Grâce à cette vente, ils s'étaient procuré quelque argent, qu'ils avaient dépensé en pain, concombres et oignons.

Ils avaient aussi acheté du poisson séché, entre autres des soudahs[1] qu'ils coupaient en tranches et qu'ils avalaient crus, sans même les faire dessaler, en bâfrant d'énormes tranches de pain et de gros oignons frais.

Les bourlaki étaient intéressés au plus haut degré par la ville de Perm. À dire vrai, elle n'est ni propre ni jolie : les habitants en sont pauvres et il n'y a de constructions passables que dans une seule rue de la ville. Mais comme les bourlaki voyaient pour la première fois des maisons à deux étages et des rues droites, ils étaient très surpris, tout les amusait : les gens qui passaient, les voitures, les poteaux télégraphiques.

Ce jour-là, le pilote ne permit pas à Pila et à Syssoïko de quitter la barque et, pour les retenir plus sûrement, il leur ordonna de nettoyer le pont.

Voyons un peu ce que firent nos Podlipovtsiens le troisième jour, quand ils allèrent en ville.

Quatre heures du matin. Une centaine de barques sont rangées le long de la berge, au milieu desquelles on remarque quatre gracieuses caravelles ornées de drapeaux qui portent le nom des fabricants d'où elles viennent. Les bourlaki sont presque tous debout et travaillent chacun à quelque chose. Le tapage, le mugissement du fer, les grincements aigus et le tumulte confus des voix ne cessent

---

1   Sandres de la Volga. *(Note de la BRS)*

pas de retentir au loin. Quelques bourlaki sont assis sur la rive au pied de la montagne ou sur la pente, en train de causer, de bâiller ou de goinfrer. D'autres sommeillent, allongés sur le dos, ou bien regardent la rivière et le ciel... Il fait bon être couché sur la colline auprès de la rivière. On resterait toute la vie ainsi couché à ne rien faire. Il vous vient un tas de pensées agréables à la tête... Et souvent le bourlak s'endort sur la terre fraîche tout en rêvant... Il se repose et se dit dans son sommeil paisible qu'il voudrait toujours ainsi dormir.

Cinq heures du matin. Déjà auprès des barques apparaissent les marchandes de la ville de Motokilihine, qui apportent des pains et des navettes disposés sur des planches qu'elles portent sur l'occiput ou des oignons et du kvass dans des corbeilles. Les bourlaki se hâtent à qui mieux mieux d'acheter du pain ou des oignons ou de boire du kvass. Pila aurait bien voulu jouer un tour aux marchandes, mais en vain, car elles étaient plus rusées que lui. Elles en savaient long dans l'art de tromper ; je puis même dire qu'elles y étaient passées maîtresses car elles ne vendaient que du pain brûlé et des victuailles abominables qu'elles faisaient passer pour bonnes.

Vers huit heures du matin, les bourlaki se rendent à la ville en foule, vêtus, les uns de leur pelisse, les autres de leur simple chemise remplaçant la blouse. Les pilotes se rendent chez le directeur des péages pour un but connu. Il s'agit aussi de lui graisser la patte ainsi qu'à ses commis.

Les bourlaki fourmillent en ville, et pourtant nombreux sont ceux qui sont restés sur les barques : le tapage, le brouhaha ne cesse pas une seule minute. Quelques barques sont démarrées et descendent la rivière.

Pila et Syssoïko n'avaient pas reçu d'argent du pilote, parce qu'ils lui avaient désobéi ; en outre, ce dernier leur avait ordonné de ne pas quitter la barque avant son retour. Les pauvres diables étaient tout tristes. Ils auraient tant voulu voir la grande ville.

— Filons ! Veux-tu ? dit Pila à Syssoïko.

— Où irons-nous ? C'est fameux ici.

— Nous irons un peu voir la ville.

Syssoïko consentit.

Pila s'en fut vers ses gamins.

— Combien d'argent t'a-t-il donné ? demanda-t-il à Pavel.

— Regarde ! et le garçon montra à son père une poignée de grosse monnaie de cuivre qui valait vingt kopecks.

— Oh ! il nous a donné beaucoup d'argent ! fit Ivan.

— Allons ! venez avec nous, leur commanda Pila.

— Il nous a ordonné d'écoper l'eau.

— Tu auras beau écoper l'eau, il y en aura toujours autant.

Pavel et Ivan se grattèrent un instant la tête, puis consentirent. Ils avaient aussi envie de voir la ville.

— Et maintenant donnez-nous votre argent. Nous vous le rendrons quand nous en recevrons. Vous demanderez la charité ! Vrai ! donnez-le nous.

Les enfants dirent tout d'abord des injures et finirent par donner chacun quinze kopecks à leur père.

Ils montèrent la colline qui sépare le port de la ville en compagnie de deux bourlaki. En arrivant au sommet, ils furent très heureux de voir la rivière de si haut

— Eh ! eh ! fit Pila en souriant, sans même savoir de quoi il était content.

Un carrosse fermé passa devant eux. Pila se creusa la tête pour savoir à quoi pourrait bien servir une voiture semblable.

Aussitôt qu'un monsieur un peu bien mis rencontrait nos Podlipovtsiens, ces derniers ôtaient respectueusement leurs chapeaux et le regardaient curieusement des pieds à la tête. S'ils croisaient un officier, ils ôtaient aussi leurs bonnets et admiraient son uniforme, ahuris. Ils eurent la chance de voir un jeune diacre en soutane de soie, mais sans barbe. Ils s'arrêtèrent tous pour se demander ce que cela pouvait bien être, ce n'était pas un prêtre, puisqu'il n'avait point de barbe.[1] Pila décida que c'était une femme ; il voulait courir après le diacre pour le bien examiner, mais ses camarades l'en dissuadèrent. Partout où ils regardaient, ils ne voyaient que de belles choses qui leur plaisaient. C'est là qu'il ferait bon vivre, pensaient-ils. Quelques bourlaki étaient assis sur des trottoirs en train de manger ; il y en avait aussi qui étaient couchés par terre et qui dormaient tranquillement, ivres morts.

---

1 Les prêtres russes doivent porter la barbe et les cheveux longs.

— D'où êtes-vous ? leur demandent nos Podlipovtsiens.

Ceux-ci leur répondent.

À mesure qu'ils vont plus loin, ils rencontrent des camarades complètement gris qui zigzaguent dans la rue.

— Qu'est-ce que c'est que ça ? firent-ils en voyant des poteaux télégraphiques.

— C'est pour sécher le sel ! dit Pila d'un ton décidé.

Ils s'approchèrent d'un poteau qui était entouré d'une foule de bourlaki.

— Eh bien ? Ça vous semble drôle, dit Pila qui ne voyait rien là d'extraordinaire.

— On dit que c'est une chose terrible. On n'a qu'à dire un mot et on entend déjà au bout du fil.

— Va-t'en donc au diable ! Ces poteaux servent à préparer le sel.

— Tu te fiches du monde ! repartit le bourlak, quand on fait le sel, il y a toujours quatre poteaux avec un plateau en haut pour le sécher. Ici il n'y en a point, bêta !

Pila resta interdit et se dit : Peut-être bien qu'il a raison.

— Eh ! honorable ! cria un haleur à un bourgeois[1] qui passait. Dis-nous à quoi servent ces poteaux ?

— C'est le télégraphe.

— Hein !

Le bourgeois répéta le mot.

— Qu'est-ce qu'on fait avec ça ?

— On envoie des lettres.

Les bourlaki ne savaient pas ce que c'est qu'une lettre.

— Tiens ! quand on envoie une lettre à mille verstes d'ici, elle court le long du fil et arrive là-bas pour le dîner.

— Cet endroit n'est pas sûr ! dit Pila qui s'écarta.

Les bourlaki reculèrent avec lui.

Deux Zyrianes chantaient devant une maison. On leur donna la charité. Pila envia leur chance et s'approcha aussi de la fenêtre pour

1 Avant la grande réforme d'Alexandre II il y avait quatre conditions : les nobles, les prêtres, les bourgeois et les serfs. Les *miéchtchanié* russes étaient en quelque sorte ce qu'au moyen âge on appelait *homo liber*. C'est dans cette classe que se recrutaient les marchands qui formaient une caste à part. *(Note du trad.)*

demander la charité au nom du Christ. On lui ferma la porte au nez.

— Quelle chienne de ville ! grommela-t-il.

Les Podlipovtsiens marchaient au milieu de la rue. Ils avaient peur de marcher sur les trottoirs de bois qu'ils appelaient des planchers parce que, qui sait, on les battrait peut-être.

Ils arrivèrent au marché, où grouillaient et flânaient une masse de bourlaki. Les marchands, en plein vent, criaient à gorge déployée et engageaient presque de force les bourlaki à acheter quelque chose. Les yeux des Podlipovtsiens couraient égarés de tous côtés, il y avait tant de choses sur ce marché : une masse de pains blancs et larges. Pila acheta un grand pain blanc qui lui plut tant, ainsi qu'à Syssoïko, qu'ils le firent disparaître en un clin d'œil.

— Eh bien ? demanda Pila.

— Donne-m'en encore ! fit Syssoïko.

Ils achetèrent un autre pain qu'ils mangèrent aussi rapidement que le premier, mais ils n'étaient pas rassasiés, car ce pain était trop délicat pour charger l'estomac de nos Podlipovtsiens. Ce goût un peu fade du froment leur plut, mais ils trouvèrent néanmoins ce pain fort peu nourrissant.

Ils entrèrent dans un cabaret où ils burent les derniers sous des gamins.

— J'ai faim ! dit Pila.

— Moi aussi !

— Je retournerais bien volontiers au marché ! C'est beau là-bas ! J'y mangerais toute la journée si j'avais de l'argent, mais voilà, le pilote ne nous en a pas donné.

Pila trouva deux camarades dans le cabaret où il était entré. Ils payèrent la bienvenue à nos Podlipovtsiens qu'ils firent boire jusqu'à ce qu'ils fussent complètement ivres. Les gamins s'en allèrent demander la charité et revinrent au bout d'une heure avec sept morceaux de pain, et douze demi-kopecks. Les Podlipovtsiens, en sortant du cabaret, virent que quelques hommes battaient leur pilote, Térentytch, avec lequel ils s'étaient pris de querelle. Ils se rangèrent de son côté et mirent en fuite leurs adversaires.

— Allons ! petits frères ! Merci de m'avoir tiré d'embarras, dit le pilote qui embrassa Pila et Syssoïko. Allons boire ! voulez-vous ?

Le pilote était ivre.

— Pourquoi ne m'as-tu pas donné d'argent ? lui demanda Pila.

— Parce que tu as voulu me désobéir ! Sache une fois pour toutes que je suis le maître. N'est-ce pas moi qui ai conduit la barque sur la Tchoussovaïa ?

— Oh ! elle a bien marché toute seule !

— Ah ! C'est comme ça... Eh bien ! je ne te donnerai pas un son !... Tu entends ! pas un sou, fit le pilote avec la susceptibilité entêtée d'un ivrogne.

Il mena, pourtant, les Podlipovtsiens dans un cabaret et les régala tous, même Pavel et Ivan, avec une bouteille d'eau-de-vie. Le pilote se décida pourtant à donner un rouble à Pila.

— Buvons ! camarades ! C'est fête maintenant.

— Oui ! nous n'avons plus rien à craindre !

Le pilote conduisit ensuite les Podlipovtsiens dans une auberge, où il leur fit servir de la soupe et du rôti. Nos bourlaki étaient amplement repus.

Ils sortaient complètement ivres du cabaret et se mirent à chanter à gorge déployée. Pavel et Ivan trébuchaient et chancelaient aussi en mâchonnant entre leurs dents une chanson.

Ils rencontrèrent dans les rues un grand nombre de bourlaki parfaitement gris qui, presque tous, jouaient de l'accordéon et pinçaient de la balalaïka. Les citadins les regardaient d'un air moqueur, mais personne ne se serait avisé de les taquiner, car on connaissait ces gens-là !

Quelques bourlaki avaient trouvé un logis chez de pauvres bourgeois, à raison de trois kopecks la nuit. Ils couchaient de 6 à 15 hommes dans une petite chambre très étroite. Comme il faisait chaud à l'intérieur des isbas, ils se trouvaient très bien, bien qu'ils dussent coucher sur un plancher sale. Mais depuis longtemps ils n'avaient pas eu une couche aussi moelleuse, et ils devaient attendre encore longtemps ayant d'en trouver une pareille.

Les Podlipovtsiens revinrent en titubant et en trébuchant à leur barque. À peine arrivés, ils se laissèrent choir sur le pont et s'endormirent d'un sommeil de plomb qui dura jusqu'au matin.

Vers le soir, on s'amusa sur les barques comme pendant un jour de fête. Les bourlaki, réunis en groupes, mangeaient leur soupe aigre, leur poisson et leur lait aigri, en même temps qu'une miche de pain entière. Ceux qui étaient ivres dormaient...

Quand les bourlaki eurent fini de manger, ils chantèrent, jouèrent et dansèrent sur une caravelle ; un artiste raclait du violon ; d'autres pinçaient de la guitare. On entendait aussi des femmes qui piaulaient.

La soirée est belle et douce.

La bonne société de Perm, — deux cents personnes environ — (tous des fonctionnaires du gouvernement), se promène en long et en large sur le quai. La musique militaire, sur une hauteur, leur joue des airs gais, des polkas, des valses, qu'elle écorche impitoyablement. Les bourlaki, appuyés contre la palissade du parc, écoutent sans oser entrer : la musique leur semble belle et gaie, mais ils ne la comprennent pas. Ils restent quelques instants et puis leur cœur défaille, et ils s'en retournent tristement sur leurs barques. Là, au moins, on chante des chansons qu'ils connaissent, des motifs qu'ils savent. Cette musique, bien russe, leur semble tout de même meilleure.

— Ils jouent bien, ces gaillards, mais ce n'est pas de la musique pour nous, font les bourlaki en parlant de la musique militaire.

— Et quelles drôles de gens ! ils sont singulièrement habillés !

— Eh ! petit père ! Joue-nous un air, une chanson gaie... Tiens ! j'ai mal ici ! fait un bourlak en montrant son cœur ou sa poitrine.

— Chacun aime ce qui lui plaît ! Ils ne chantent pas comme nous, ces messieurs !... Traînons.

Et ils entonnent leurs chansons de bourlaki, tristes, mélancoliques, lugubres ; qui retentissent loin, bien loin... Voilà comme le bourlak chante : il est assis, tête baissée, la tête appuyée sur ses poings, à regarder d'un air triste l'eau qui coule : son visage exprime le chagrin, la souffrance... On écoute ces chants, on les écouterait toujours, et pourtant on ne distingue pas les paroles : on n'entend qu'une plainte, un gémissement prolongé qui va au cœur. Les bourlaki souffrent et travaillent plus que tout le monde[1] : ils

---

1 C'est bien ainsi que Gounod expliquait la chanson des bourlaki après une audition de la chapelle Slaviansky.

n'ont d'autre richesse que ce qu'ils ont sur eux, mais on aurait tort de dire que ce sont des coquins.

Les barques restèrent trois jours encore à Perm. Le dernier jour, les bourlaki s'ennuyèrent crânement : enfin, mais quoi ? ils n'en savent rien. Ils ne peuvent pas s'amuser, puisque les pilotes ne donnent point d'argent. Qu'iraient-ils faire au marché ? Les pauvres diables sont tout anxieux et fiévreux. Et dire qu'il y a un tas de gens qui ont du pain tant qu'ils veulent et qu'ils possèdent une masse de choses ! Le bourlak se promène, erre par la ville, tout attristé d'avoir si vite dépensé son argent, il revient bientôt sur la barque qu'il ne quitte déjà plus.

Les Podlipovtsiens se trouvaient très heureux : le travail ne leur faisait pas peur, et puis, ils mangeaient toujours à leur faim. C'est dommage que Matriona ne soit pas avec eux !... Mais on s'amuse bien ici, même sans femmes. Les Tartares et les Zirianes baragouinent si drôlement que c'est à crever de rire. Les messieurs de la ville leur semblent aussi très comiques.

Nos Podlipovtsiens en avaient appris en voyageant plus qu'ils n'en savaient dans leur hameau ou à Tcherdyne. Ils savaient maintenant que le monde est très vaste, et que leur hameau ne valait pas le diable. Ils avaient vu des gens qui ne leur ressemblaient pas, et auxquels ils ne ressembleraient jamais.

Ils voulaient maintenant aller plus loin et chercher un coin où ils auraient beaucoup de pain à manger et où ils pourraient dormir toute la journée.

XI

Les barques quittaient peu à peu le port. Elles n'avaient plus rien à faire à Perm, du moment qu'elles s'étaient ravitaillées et qu'elles avaient payé les droits de navigation. Quand les caravelles démarraient, on tirait du canon.

Le pilote Térentytch reçut l'ordre de partir le dimanche. Pila et Syssoïko lui demandèrent la permission d'aller acheter du pain avec les enfants ; il les laissa partir pour une demi-heure. Les cloches sonnaient la messe. Pila et Syssoïko avaient passé quelquefois auparavant devant la cathédrale et avaient essayé en vain de regarder à l'intérieur. Cette fois-ci, ils voient qu'une masse de monde, parmi lesquels un certain nombre de bourlaki, entraient dans l'église. Ils suivirent la foule. Les gamins se faufilèrent jusqu'au milieu de l'église, tandis que Pila et Syssoïko, plus craintifs, restaient près de la porte. Ils furent stupéfaits en voyant comme on habillait quelqu'un au milieu de l'église avec des habits magnifiques... Ils n'avaient jamais vu de vêtements aussi brillants, ni entendu d'aussi beaux chants que ceux qui partaient d'un coin de l'église. Tout leur semblait splendide : les peintures aux belles couleurs vives, les images dorées, les colonnes... Le cœur de Pila palpitait de joie... Il y eut un grand silence... Pila, incapable de se contenir, s'écria involontairement à haute voix :

— Comme c'est beau ! Oh ! comme c'est beau !

— Tiens ! oui ! fit seulement Syssoïko ahuri.

Les cosaques, qui veillaient près du portail à ce qu'on ne troublât pas le service divin, les firent sortir de l'église. Pila et Syssoïko se sentaient malheureux. Ils rôdèrent longtemps autour du perron, à regarder par les fenêtres inférieures ce que faisait l'archevêque ; ils auraient voulu rentrer dans la cathédrale, mais on ne les laissa pas pénétrer.

— Comme c'est drôle ! Hein ! On ne veut plus nous laisser entrer, fit Pila.

— Je t'ai déjà dit qu'il ne fallait pas entrer, dit Syssoïko.

— Ce n'est pas tout. Va appeler les gamins ! il faut retourner sur les barques, sans quoi elles partiront sans nous.

— Appelle-les toi-même.

— Vas-y ! vrai, j'ai peur.

Ils s'approchèrent du portail. Ils rencontrèrent un officier qui passa devant eux sans les regarder, bien qu'ils eussent ôté leurs chapeaux.

— Hé ! honorable ! lui cria Pila.

L'officier se retourna.

— Que vous faut-il ?

— Dis donc, appelle Pacha et Vanka, et dis-leur que leur père les appelle, parce que les barques vont partir.

— Appelle-les toi-même.

— On ne nous laisse pas entrer.

L'officier leur tourna le dos et s'en alla. Pila et Syssoïko restèrent encore quelque temps devant l'église, et prièrent une seconde personne d'appeler les gamins, mais on ne leur répondit même pas. Ils s'en allèrent au marché.

— Voilà une affaire ! Comment trouverons-nous maintenant les gamins ? dit Syssoïko.

— Cherche toi-même.

— Je ne sais pas comment. As-tu vu quelle fameuse place ils avaient ? Qui sait ? On leur donnera peut-être des richesses... Hein ! Si le bon Dieu lui-même leur donnait tout à coup une belle maison... comme celle-là, fit-il en montrant une grande maison de pierre.

— Ce serait joliment beau ! Alors nous vivrions ensemble.

— Nous ferions aussi venir Matriona !

— Il faudrait aussi qu'Aproska soit ici.

Pila devint brusquement très triste. Il lui sembla tout à coup qu'à part Syssoïko il n'avait plus de parents et que les gamins étaient perdus à tout jamais. Ils achetèrent au marché trois miches de pain noir et un foie de bœuf. Une fois leurs provisions faites, ils retournèrent près de la cathédrale.

— Allons-y, fit Syssoïko.

— Eh ! Que de monde entre ! Hein.

— Tiens ! Regarde ces bourlaki qui entrent aussi.

— N'y va pas ; on nous mettra encore en prison.

Ils essayèrent tout de même de rentrer dans l'église ; on les chassa de nouveau. Ils retournèrent vers les barques.

— Qui sait, dit Pila, les gamins sont peut-être déjà là.

Leur barque descendait déjà le courant.

— Dépêchez-vous, démons que vous êtes, cria le pilote.

On fit lestement entrer Pila et Syssoïko et trois autres bourlaki retardataires dans le canot. Quand ils furent déjà sur la barque, Pila demanda à Térentytch :

— Les gamins sont revenus ? N'est-ce pas ?

— Si tu crois que j'ai le temps de perdre du temps à attendre tes gamins.

— Dis !... Ils sont ici... n'est-ce pas ?

— Non ! Où les as-tu perdus ?

— Ils sont restés dans l'église, ils ne nous ont pas trouvés ! Quel malheur !... Que va-t-il arriver ?

— On les laissera peut-être monter sur une autre barque ! Mais le diable, c'est qu'ils n'ont pas de passeport !

— Ils sont peut-être ici !... Regarde, Syssoïko ! dit Pila d'un ton timide, après un instant de silence.

— Peut-être bien.

Pila descendit dans la cale. Deux bourlaki occupaient la place de ses enfants et écopaient l'eau. Pila et Syssoïko devinrent très tristes.

— Quel chagrin ! Que ferons-nous maintenant, sans les enfants ?

— Ils mourront pour sûr, les pauvrets !

Ils pleurèrent.

La barque voguait toujours plus avant. On ne voyait déjà plus la ville.

XII

La barque mit une semaine et demie à faire le trajet de Perm à Iélabougha : la flottille ne s'arrêta qu'une fois dans les villes d'Oka et de Sarapoul pour réparer les barques et s'approvisionner à nouveau.

La vie des bourlaki était la même que sur la Tchoussovaïa et à Perm, sauf qu'ils avaient moins de travail. Il faut dire aussi qu'ils s'étaient habitués à cette dure vie, ils ne se plaignaient plus de leur sort comme auparavant. Ils n'écarquillaient plus les yeux quand ils voyaient des bateaux à vapeur qui les croisaient jusqu'à quatre fois par jour. La grandeur des barques ne les ahurissait plus : ils étaient faits à tout ; tout les embêtait même.

Pila était devenu très triste depuis qu'il avait perdu ses enfants et était encore plus attaché à Syssoïko.

— Je n'ai plus d'enfants, tu es le seul qui me reste, dit-il une nuit à Syssoïko, qui était couché à côté de lui au fond de la barque.

— Il nous faudrait retourner à l'église.

— Je n'en sais trop rien... Non ! ils sont déjà partis... Non ! ne me quitte pas, toi !

— Ne m'abandonne pas toi-même.

— N'aie pas peur ! que ferais-je tout seul, regarde nos Podlipovtsiens ; ils ne nous connaissent plus, ils sont toujours avec les autres.

Iolka et Marochka travaillaient à l'avant de la barque et ne causaient que rarement avec Pila et Syssoïko, qui avaient cessé de leur plaire. Ils avaient même dit aux autres bourlaki que Pila était sorcier, qu'ils avaient été en prison et ainsi de suite.

Quand Pila et Syssoïko ne devaient pas travailler, ils s'asseyaient au loin des autres bourlaki, et se regardaient tristement l'un l'autre.

— Ça va mal ! Syssoïko ! Ça me fait mal dedans. Si tu savais comme je souffre.

— Oui ! Ça fait mal ! Il faudrait mourir.

— Syssoïko ! Pourquoi n'es-tu pas une femme ? Cela vaudrait mieux que d'être un homme.

— Irons-nous chercher les gamins ?

— Oui ! Nous retournerons là-bas et nous les ramènerons.

À Iélabougha, la flottille se divisa : la moitié des barques descendirent la Kama pour aller à Saratov sur la Volga, tandis que l'autre restait à Iélabougha. Pila et Syssoïko furent de ceux qui durent décharger les kolomenki du fer qu'elles contenaient pour le transporter sur le rivage et de là sur d'autres barques.

Une fois ce travail exécuté, on les licencia. Pila et Syssoïko reçurent quatre roubles, les autres plus ou moins suivant les avances qu'ils avaient reçues auparavant. Tout le monde se sépara ; quelques bourlaki s'engagèrent sur les barques qui descendaient la Volga ; quelques milliers d'hommes environ, tous du gouvernement de Viatka, retournèrent chez eux, les uns en suivant la rivière Viatka, qui se jette dans la Kama non loin d'Iélabougha, d'autres par des chemins de traverse.

Deux cents bourlaki s'engagèrent comme haleurs pour remonter le courant de la Kama jusqu'à Oka, Perm, Oussolié et Tcherdyne. Les barques, qu'ils devaient traîner étaient presque toutes chargées de blé.

Pila et Syssoïko s'engagèrent comme haleurs avec les autres

Podlipovtsiens jusqu'à Oussolié pour six roubles et reçurent un rouble cinquante kopecks d'arrhes.

XIII

Le travail était de plus en plus pénible. On attendait en vain un vent favorable. Quand le vent souffla, on hissa la voile avec les chants ordinaires : « tiro-o-ons ! tirons ! et... d'une ! » Le vent gonflait les voiles et faisait marcher les barques contre le courant. Les Podlipovtsiens furent très étonnés que le vent pût ainsi les pousser et trouvaient que c'était très agréable. Mais quand ils eurent fait une dizaine de verstes, le vent cessa de souffler. On fit alors approcher la barque de la rive, et on mit à l'ancre :

— Empoignez le câble ! ordonnèrent les pilotes.

On sortit de la barque un câble énorme que l'on attacha au sommet du mât. Il était pourvu à son extrémité de grosses bretelles de cuir.

— Empoignez le câble !

Les bourlaki revêtirent les bretelles. Ils étaient en tout quinze. Dix étaient restés sur la barque pour diriger sa marche.

— En avant ! marche... Pourquoi vous arrêtez-vous ! démons.

Les bourlaki s'étaient penchés, avaient donné un coup d'épaule de toutes leurs forces et s'étaient redressés, épuisés. Il leur semblait que le câble fût attaché à une montagne.

— Allons ! Plus vite ! En avant ! Tirez ! leur crièrent les bourlaki qui se trouvaient sur la barque.

De nouveau, ceux-ci se penchèrent, de nouveau, avec un effort qui faisait jaillir tous leurs muscles, ils tirèrent le câble mais sans succès : la barque ne bougeait pas.

— Tiro-o-ons ! tirons ! et... d'une ! commencèrent-ils à chanter.

Ils se courbèrent encore une fois dans un effort suprême.

— Tirooooons ! tirons ! et... d'une !

Ils avancèrent enfin, pliés en deux, presque couchés par terre, tête baissée, les bras battants... Leurs jambes avançaient à peine...

— Tirooooons ! tirons ! et... d'une !

Ils avancent, pouce par pouce ! Ils sentent qu'à leurs épaules est attaché un fardeau énorme, écrasant, qui ne les laisse pas souffler...

Ils vont ainsi une heure, s'oubliant dans la fatigue atroce ; la poitrine leur fait mal, leurs jambes sont fatiguées ; la sueur coule à grosses gouttes... Leurs bonnets leur couvrent les yeux... Ils vont, et vont toujours en trébuchant à droite et à gauche.

Aujourd'hui ils marchent dans le sable ; le soleil les brûle. Demain ils traversent un marais, leurs jambes enfoncent dans la vase molle : ils sont épuisés, exténués, et le pilote ne fait que leur crier :

— Allons ! marche !

Ou bien c'est la pluie qui les inonde et les trempe jusqu'aux os ; le tonnerre gronde, les éclairs brillent ; ils marchent et marchent toujours, tirant les richesses qui appartiennent à un autre...

La barque s'est arrêtée sur un bas-fond ; ils entrent dans l'eau jusqu'à la ceinture et la dégagent en la poussant avec des perches ; puis de nouveau la sueur, le soleil, la pluie ! la pluie, le soleil et la sueur !

Une barque mâtée s'avance : il faut lui laisser le passage libre.

— Halte ! crie le pilote.

Les bourlaki veulent se redresser, mais la barque les entraîne en arrière.

— Lâche le câble ! crie encore le pilote.

Ils se dégagent des bretelles et jettent le câble à terre, que l'on fait passer sur la barque mâtée. Puis, on se remet en route.

Oui ! il faut beaucoup d'habileté pour être pilote d'une barque à laquelle on fait remonter la rivière. Que de peines, que de tourments n'endurent pas les pauvres bourlaki qui doivent pour ainsi dire traîner la barque sur leur dos !

On peut se faire une idée de la difficulté que l'on éprouve à haler une barque à bras d'homme, quand on saura qu'il fallut presque un mois à nos Podlipovtsiens pour aller d'Iélabougha à Perm. Le vent ne soufflait presque jamais, et il fallait presque toujours être attelé à la barque comme des bêtes de somme.

Pila et Syssoïko eurent beau s'informer partout et auprès de tout le monde au sujet de Pavel et Ivan, mais ils n'apprirent rien sur leur compte. À Perm, la barque resta deux jours au port, pendant que l'on examinait les passeports des bourlaki à la police ; Pila s'informa sur trois barques, mais on ne put rien lui dire au sujet de ses enfants ! ils avaient disparu.

— Pour sûr ! ils sont morts ! décida-t-il. — Tant mieux, au moins, ils ne souffrent plus... À quoi bon vivre, au fond... Et nous, nous ne mourrons pas : la mort ne veut pas de nous à présent.

— Est-ce que nous ne mourrons pas ? demanda naïvement Syssoïko.

— Si, nous mourrons !... Tout le monde meurt... mais il vaudrait mieux crever maintenant...

— Non ! Vis plutôt ! Qu'est-ce que je ferais sans toi ?

— Meurs, toi aussi.

— C'est vrai ! Nous traînons de la farine, de la bonne farine, mais, n'aie pas peur, ce n'est pas à nous qu'on la donnera. Nous aurons en tout dix kopecks, cinquante kopecks, juste de quoi ne pas crever. C'est injuste !

— Parbleu ! ils sont riches, *les autres*.

— Nous sommes allés chercher la richesse ! Et tels que nous sommes partis, tels nous revenons. Nous sommes même plus pauvres ; je n'ai plus mes enfants.

— Oui ! C'est là cette vie de bourlaki qu'on nous avait tant vantée !

— Regarde un peu ce que tu as sur la poitrine. Tiens ! je n'ai plus de peau sur le dos. Si ça doit continuer comme ça, nous ferions mieux de crever. Syssoïko, dis !... Pourquoi sommes-nous nés ?... Voilà ! C'est une fameuse vie que celle des chevaux ; ils sont bien plus heureux que nous.

— Si on pouvait seulement voguer comme quand nous avons descendu la Tchoussovaïa ; c'était moins pénible, et puis nous avions au moins du pain.

— C'est vrai ; maintenant où irons-nous quand nous serons à Oussolié, notre hameau n'existe plus ; il n'y a plus rien dans nos maisons... Que ferons-nous, dis ?

— Nous ferons mieux de crever, te dis-je. Nous avons rôdé partout, et à quoi sommes-nous arrivés ? à rien. Tiens, regarde mes sandales, elles ne valent pas le diable.

— Quelle vie ! Oui, ce sera mieux si nous mourons ! Te souviens-tu de ce que le pope nous disait, que quand nous mourrons nous serons très heureux, que nous aurons et une maison, et un cheval, et une vache, et une femme...

Pila et Syssoïko en restèrent là : ils étaient désespérés. À partir de ce jour, ils ne se parlèrent plus que de choses indifférentes.

Quelle vie, n'est-ce pas, que celle des bourlaki ? Et dire qu'il y a des milliers de gens dans cette position-là. Pila avait raison de dire qu'il aurait mieux fait de ne pas naître. À quoi bon naître, en effet ? Pendant son enfance, le paysan russe souffre la faim. Sa vie tout entière est amère, amère. Il ne peut, il ne pouvait pas sortir de la misère : il y a toujours quelqu'un ou quelque chose qui lui crie :

— Halte-là ! va-nu-pieds ! Où vas-tu ?

XIV

Il leur restait trente verstes jusqu'à Oussolié. Il pleut, et les grosses gouttes d'eau mouillent impitoyablement les demi-pelisses des bourlaki. Et pourtant, ils marchent pendant quatre heures, traversant, sous les rafales du vent, des marais boueux, des flaques d'eau dormante où le genou disparaît tout entier. Tous ces pauvres diables sont éreintés, exténués comme des chevaux fourbus ; leur gorge est sèche et ardente. Depuis une heure ils n'ont pas prononcé une parole.

Pila est au premier rang avec Syssoïko. Iolka et Marochka les suivent. Nos Podlipovtsiens ont horriblement maigri et ressemblent à des spectres. Pendant toute une semaine, ils ont été gisants au fond du bâtiment, maintenant qu'ils se sont quelque peu rétablis, bien que la tête leur tourne et qu'ils avancent à peine, le pilote les a forcés à s'attacher au câble. Depuis deux semaines, nos bourlaki ne chantaient plus et ne parlaient pas. Mauvais signe. Ils n'avaient bu qu'une seule fois de l'eau-de-vie à Perm. Les bourlaki longent à l'heure qu'il est une claie qui entoure une forêt fraîchement mise en coupe ; ils glissent et trébuchent contre les grosses souches en titubant à droite et à gauche comme des hommes ivres, les bras ballants, la tête basse. Par malheur, la barque venait de nouveau de s'engager sur un bas-fond ; les gaffeurs manœuvraient de leur mieux pour la faire rentrer en pleine eau. Les haleurs s'arrêtèrent.

— En avant ! Et plus vite que ça ! Tas de paresseux que vous êtes ! hurla le pilote de la barque.

Les haleurs prirent leur élan et donnèrent un formidable coup de collier en chantant leur refrain habituel :

— Tiro-ons, tirons ! et... d'une !

La barque ne bougea pas de place.

— Courage ! camarades ! en avant ! Rame un petit coup et nous nous reposerons !

Les haleurs sont parvenus à remuer l'énorme masse ; ils avancent, mais si doucement qu'il leur semble qu'ils ne bougent pas de place. Ils vont, et vont, et vont encore, péniblement, chantant en répétant leur mélodie mélancolique :

— Tiro-ons ! tirons ! et... d'une !...

Soudain le câble se rompit... Tous les bourlaki tombèrent à terre les uns sur les autres et heurtèrent de la tête contre les pierres, contre la claie, ou roulèrent dans l'eau.

Huit bourlaki se relèvent. Ils ont tous le visage ensanglanté et tuméfié ; un d'entre eux crie qu'il a les côtes cassées, un autre s'est démis la main.

Pila et Syssoïko gisent sans mouvement, couverts de sang. Les bourlaki les entourent et les examinent. Pila a le crâne fendu et la jambe gauche cassée. Syssoïko s'est brisé la poitrine...

Tous les bourlaki devinrent brusquement tristes.

— Ils sont morts ! nos pauvres camarades !

— Eh ! voilà notre vie ! Oh ! oh ! oh ! soupirèrent les bourlaki en essuyant leurs yeux de leurs paumes calleuses et noires... Ils recouvrirent les deux blessés de leurs pelisses et s'écartèrent. Le pilote aborda sur la rive avec les autres bourlaki qui dirigeaient la barque. Tout le monde était lugubre ; on résolut de mener Pila et Syssoïko jusqu'au prochain village. Deux bourlaki allèrent chercher des nattes sur lesquelles on les étendit, puis on les coucha dans le canot et on les transporta sur la barque. Les bourlaki ne les quittaient pas, et leur lavèrent le visage avec de l'eau de la rivière. Syssoïko, le premier, reprit connaissance en poussant un gémissement et regarda du côté où se trouvait Pila. Le visage de celui-ci était hideux.

— Pila ! fit Syssoïko.

— Donne-lui de l'eau ! dit le pilote à l'un des bourlaki qui plongea un seau dans la rivière et versa de l'eau dans la bouche de Syssoïko et de Pila.

Ce dernier fit un mouvement, mais sans proférer aucun son.

Syssoïko le regardait d'un air sauvage : « Pila ! » gémit-il encore une fois.

Pila répondit à l'appel de son ami par un gémissement.

— Souffres-tu ? demandèrent les bourlaki à Syssoïko, qui continua à les regarder d'un air effaré en geignant plaintivement...

Il s'accouda tant bien que mal et regarda Pila.

Celui-ci entr'ouvrit les yeux et remua les lèvres mais sans pouvoir parler.

Il tendit la main à Syssoïko et expira...

— Il est mort !

— C'était un brave homme !

— Et nous mourrons ainsi, dirent les bourlaki qui avaient envie de pleurer.

— Petit père !... murmure Syssoïko.

— Il mourra aussi, dit-on à voix basse autour de Syssoïko.

— Syssoïouchko ! Vit encore un peu pour nous faire plaisir ! lui disent les bourlaki avec compassion.

Le pilote ne put les décider à se remettre au câble qu'on venait de réparer.

— Non ! Nous ne bougerons pas de place ! disent les bourlaki, sans quoi nous mourrons aussi !

— Tenez, voilà le vent ! il faut déployer la voile.

— Non ! Regardez un peu nos petits frères, répondirent opiniâtrement les haleurs en montrant Pila et Syssoïko.

Le pilote, qui est habitué à de pareilles scènes, use de ruse et parvient à décider les bourlaki à conduire leurs camarades jusqu'à un village riverain, à peu de distance, où ils enterrèrent Pila. Plus d'une larme tomba sur son pauvre cercueil. Elles étaient froides ! ces larmes de bourlaki.

On laissa Syssoïko chez un paysan du village, et la barque continua sa route. Quatre jours après le départ de ses camarades, il mourut...

L'homme naît pour une vie de souffrance, qu'il supporte et traîne comme un boulet et qui finit par l'écraser... Il cherche toute sa vie un mieux qu'il ne trouvera jamais.

Voilà ce que c'est que la vie des bourlaki, et voilà ce que sont les bourlaki.

Iolka et Marochié arrivèrent à Oussolié, où ils s'engagèrent dans les saleries. Ils apprirent là que Matriona avait été mise en prison pour vol et que Tiounka avait été recueilli par une mendiante qui le battait tous les jours et le forçait à mendier. Elle dépense en eau-de-vie l'argent et le pain que ses aumônes lui procurent et souvent ne lui donne rien à manger.

La vie du bambin n'est certes pas enviable. Quand il grandira, que deviendra-t-il ?

XV

Et maintenant, que sont devenus Pavel et Ivan ? Ils n'ont pas lieu d'être mécontents de leur sort : ils possèdent un coffre dans lequel ils conservent leurs bottes, un miroir, du thé, du sucre, deux chemises d'indienne de couleur et deux *halates* (sortes de robes de chambre tartares). Ils sont chauffeurs sur un bateau à vapeur pendant l'été et travaillent dans les ports pendant l'hiver. Ils ont été à Nijni-Novgorod, à Saratov, à Astrakan. Ils connaissent le goût des pommes et des pastèques. Ils se sont fort développés et savent même lire.

Pila les avait abandonnés dans la cathédrale de Perm. Comme ils étaient au milieu du temple, ils n'avaient pas remarqué qu'on en avait expulsé Pila et Syssoïko ; ils avaient trop à faire à regarder les prêtres, les chantres et les belles peintures qui couvraient les murailles. Tout les étonnait fort. Pourtant, Pavel dit à Ivan ;

— Tiens ! le père n'est pas là ?

— Il regarde, pour sûr ! répondit celui-ci. Ils écoutèrent la messe d'un bout à l'autre ; cela leur plaisait si fort qu'ils seraient restés toute la journée, si l'archevêque avait consenti à officier pour leur plaisir. Quand les fidèles commencèrent à sortir du temple, ils remarquèrent que leur père avait disparu. Ils firent en courant le tour de l'enceinte extérieure sans le trouver et rentrèrent précipitamment dans l'église qui était vide. Ils en sortirent de nouveau, pour aller au marché. Ils n'y trouvèrent pas non plus leur père… Tout tristes, ils demandèrent la charité aux revendeuses parce qu'ils avaient faim. Quand ils eurent mangé, ils allèrent au port, mais la barque était déjà partie.

— Où diable est notre père ? dit Pavel.

— Dieu sait ?

— Il est parti avec la barque, pour sûr.

— Oh ! non, il ne partira pas sans nous.

— Que ferons-nous s'il est parti ?

— Nous resterons ici ! C'est fameux !

— Oui ! Mais j'aimerais bien voir le père...

Ils se promenèrent une heure environ dans la ville et se trouvèrent brusquement sur la promenade publique où se rassemblait déjà le beau monde de la ville. Ils se couchèrent dans un fossé au soleil. Quand ils se réveillèrent, la promenade était pleine de monde : la musique militaire jouait : des acrobates faisaient leurs tours en plein air : les costumes des officiers et des clowns les amusaient fort.

— C'est beau.

— On n'a rien de pareil chez nous !

— Sur les barques c'est bien plus laid.

— C'est une vraie ville ? Hein ?

— Il nous faut rester ici.

— Et si on nous chasse ?

— On ne nous chassera pas. Regarde combien il y a de bourlaki.

Quand la nuit vint, ils se couchèrent sur des bancs. Le lendemain matin, quand ils se réveillèrent, il n'y avait plus personne sur la promenade, ce qui les fit pleurer de chagrin.

Ils se promenèrent de nouveau et rencontrèrent des bourlaki.

— N'avez-vous pas vu notre père ? leur demanda Pavel.

— Êtes-vous bourlaki ?

— Oui !

— D'oui

— De Tcherdyne.

— Et où allez-vous ?

— Nous venons de la fabrique de Chaïtane, notre père s'appelle

Pila et puis il y a encore Syssoïko avec lui.

— Nous ne les connaissons pas, fit l'un.

— Eh ! les barques de Chaïtane sont déjà parties.

Les gamins devinrent tout tristes et suivirent les bourlaki qu'ils avaient rencontrés, ils pleurèrent en se demandant ce qu'ils feraient : où vivraient-ils ?

Ils mendièrent pendant deux jours : la nuit, ils couchaient dans des greniers à sel. Ils arrivèrent enfin au port, où il vint des gens qui travaillaient. Ils s'adressèrent au surveillant qui les engagea à raison de vingt kopecks par jour. Pendant toute une semaine, ils couchèrent au bord de l'eau, jusqu'à ce que l'écopeur d'une barque, qui apprit qu'ils avaient perdu leur père, eût pitié d'eux et leur permît de coucher dans sa barque. Sur le conseil de ce brave homme, ils s'engagèrent comme chauffeurs sur un bateau à vapeur à raison de six roubles par mois.

Cette vie leur plaît. Quand le bateau à vapeur est en marche, ils doivent jeter du bois dans la fournaise : ils sont alors aussi noirs que des ramoneurs, et n'ont que rarement l'occasion de voir les hommes. Ils n'ont plus peur des machines et savent maintenant à quoi elles servent. Leurs camarades les aiment, mais c'est surtout le cuisinier qui leur montre une sympathie particulière qui se traduit par des cadeaux. Souvent il leur donne ce qui reste de la table des passagers.

Le plus grand service qu'il leur ait rendu, c'est de leur avoir appris à lire. Quand ils sont libres, Pavel et Ivan se lavent dans la rivière, enlèvent soigneusement la suie qui les couvre et revêtent des chemises propres. Ils se promènent aussi en ville ou bien raccommodent leurs vêtements. Pendant l'hiver, quand les rivières sont prises, ils balayent la neige, servent dans les forts ou bien s'engagent comme cochers.

Ils se souviennent souvent de leur père et de Syssoïko quand ils sont assis près des chaudières de la machine, en train de fumer leur pipe. C'est un sujet de conversation intarissable.

— Hein, Pachka, c'est dommage que le père ne soit plus là ! Ça serait fameux d'être ensemble !

— Où ont-ils bien pu disparaître avec Syssoïko ?...

— Oh ! Syssoïko est bien sûr avec le père, il ne l'aura pas quitté ;

ils sont encore bourlaki.

— Non ! c'est trop tard, les bateaux ont remonté la rivière ! Le froid vient ! Tiens, aujourd'hui, j'étais sur le pont, et bien vrai, quand j'ai vu les bourlaki haler une barque, j'ai eu pitié d'eux.

— Quand nous reverrons le père et Syssoïko, nous leur donnerons de l'argent et nous leur dirons de venir vivre avec nous.

— C'est bien dit.

Quand ils boivent et mangent un bon morceau, Pavel dit souvent :

— Comme c'est dommage que le père ne soit pas avec nous. C'est lui qui aurait mangé ça avec plaisir. Pour sûr, il n'a jamais rien goûté de pareil !

— Est-il seulement vivant ?

— Qui sait ? il s'est peut-être noyé avec une barque...

Quand ils s'habillent convenablement, ils se disent ravis :

— Hein ! Si le père et Syssoïko nous voyaient avec de si beaux habits, c'est eux qui seraient étonnés !

— Si le père et la mère étaient avec nous, je leur raconterais ce que j'ai vu ou bien je leur lirais un joli livre.

— Ils ne nous croiraient pas.

— Si, ils nous croiraient... parce que nous sommes leurs enfants ! Si c'était un autre, je ne dis pas.

— Pourquoi est-ce comme ça ?

— Je n'en sais rien. Le bon Dieu a arrangé comme ça le monde. Il y a des riches qui sont toujours rassasiés et mangent à leur faim, tandis qu'il y en a d'autres qui crèvent toujours de faim ou mangent de l'écorce pilée.

— Alors pourquoi est-ce que tout le monde n'est pas riche.

— Ne m'en demande pas plus... Soit content que nous vivions comme à l'heure qu'il est !

FIN.

ISBN : 978-3-96787-232-3

CPSIA information can be obtained
at www.ICGtesting.com
Printed in the USA
BVHW081230200120
569968BV00001B/155